百部红色经典

引 力

李广田 著

北京联合出版公司
Beijing United Publishing Co.,Ltd.

图书在版编目（CIP）数据

引力 / 李广田著. -- 北京：北京联合出版公司，2021.7

（百部红色经典）

ISBN 978-7-5596-4875-4

Ⅰ.①引⋯ Ⅱ.①李⋯ Ⅲ.①长篇小说—中国—当代 Ⅳ.①I247.5

中国版本图书馆CIP数据核字(2020)第267073号

引力

作　　者：李广田
出 品 人：赵红仕
责任编辑：李艳芬
封面设计：赵银翠

北京联合出版公司出版
（北京市西城区德外大街83号楼9层 100088）
北京新华先锋出版科技有限公司发行
大厂回族自治县德诚印务有限公司印刷　新华书店经销
字数162千字　787毫米×1092毫米　1/16　14印张
2021年7月第1版　2021年7月第1次印刷
ISBN 978-7-5596-4875-4
定价：49.00元

版权所有，侵权必究
未经许可，不得以任何方式复制或抄袭本书部分或全部内容
本书若有质量问题，请与本社图书销售中心联系调换。电话：（010）88876681-8026

出版前言

为庆祝中国共产党成立100周年，全面展现中国共产党成立以来中华民族辉煌的发展历程、取得的伟大成就和宝贵经验，集中体现中华民族的文化创造力和生命力，北京联合出版公司策划了"百部红色经典"系列丛书，希望以文学的形式唱响礼赞新中国、奋斗新时代的昂扬旋律。

本套丛书收录了近一百年来，描绘我国人民在中国共产党的领导下艰苦奋斗、开拓创新、改革开放的壮美画卷，充分展现我国社会全方位变革、反映社会现实和人民主体地位、弘扬社会主义核心价值观、讴歌中华民族伟大复兴中国梦的100部文学经典力作。

本套丛书汇集了知侠、梁晓声、老舍、李心田、李广田、王愿坚、马烽、赵树理、孙犁、冯志、杨朔、刘白羽、浩然、李劼人、高云览、邱勋、靳以、韩少功、周梅森、石钟山等近百位具有代表性的中国现当代著名作家。入选作品中，有国民革命时期探索革命道路的《革命的信仰》《中国向何处去》，有描写抗日战争的《铁道游击队》《敌后武工队》《风云初记》《苦菜花》，有描绘解放战争历史画卷的《红嫂》《走向胜利》《新儿女英雄续传》，有展现新中国建设历程的《三里湾》《沸腾的群山》《激情燃烧的岁月》，有寻找和重建民族文化自信的《奠基者》，也有改革开放后反映中国社会现状、探索中国道路的《中国制造》，同时还收录了展现革命英雄人物光辉事迹的《刘胡兰传》《焦裕禄》《雷锋日记》等。

本套丛书讲述了丰富多样的中国故事，塑造了一大批深入人心的中国形象，奏响了昂扬奋进的中国旋律。这些经历了时间检验的文学作品，在艺术表现形式、文学叙述方式和创作技巧等方面都具有开拓性和创造性，作品的质量、品位、风格、内涵等方面都具有很高的水准，都是有筋骨、有道德、有温度的优秀作品，很多作家的作品都曾荣获"五个一工程奖""茅盾文学奖""鲁迅文学奖""国家图书奖"等奖项。

为将该套丛书打造成为集思想性、艺术性、时代性为一体，展现新时代文学艺术发展新风貌的精品图书，北京联合出版公司成立了由出版界、文学艺术界的资深专家和学者组成的编辑委员会。他们从文学作品的历史价值、文学价值、学术价值、现实意义等维度对作品进行了深入细致的研读和筛选，吸收并借鉴了广大读者的意见与建议，对入选作品进行深入细致的分析与综合评定，努力将"百部红色经典"系列丛书打造成为政治性、思想性和艺术性和谐统一的优秀读物，向伟大的中国共产党成立100周年这一光荣的日子献礼！

一

坐车呢，还是不坐？梦华在心里踌躇了一阵。[1]"不坐！"仿佛在同什么人赌气似地，这样狠狠地下了决定。一辆空着的人力车向着她的面前走来，车夫向她望望又走开了，她却连头也不曾抬起一下。她本来是十分疲倦的，她心里的疲倦实在比她身体上的疲倦更沉重，更有压力，她真是连叫一部车子的力量也没有了，她的嘴唇紧紧地闭着，眉峰间凝聚了不少的忧郁。"我这是在干什么呢？这是我应当干的吗？"她一边走着，一边这样思索。

这是一条相当冷静的街道。年久失修的青石道路，是非常崎岖而又污秽的。将要落下去的大太阳从街的一端斜照过来，照得这里稀稀落落的人影子更显得凌乱了。她在这道上走着，却并不注意这

---

[1]《引力》是李广田的代表作。其作品在字词使用和语言表达等方面均具有鲜明的时代特色。此次出版，根据作者早期版本进行编校，文字尽量保留原貌，编者基本不做更动。

时的街景，她在想着她此刻正不愿意想的事情，她甚至在心里背诵出了《内则》中的一些段落，这是她今天下午刚在班上给学生们讲过的：

"在父母舅姑之所，有命之，应唯敬对，进退周旋慎齐，升降出入揖游，不敢哕噫嚏咳欠伸跛倚睇视，不敢唾洟，寒不敢袭，痒不敢搔……"

她脸上的忧郁稍稍解开了一些，她的嘴唇翕动了几下，就索性继续暗暗地背诵下去：

"男不言内，女不言外，非祭非丧，不相授器，其相授，则授以篚，其无篚，则皆坐奠之而后取之。外内不共井，不共湢浴，不通寝席，不通乞假，男女不通衣裳，内言不出，外言不入，男子入内，不啸不指，夜行以烛，无烛则止，女子出门，必拥蔽其面，夜行以烛，无烛则止，道路男子由右，女子由左。……"

她自己觉得非常奇怪："我为什么会想起这些东西？"而且，她虽然也还相信自己的记忆力很强，但这样的东西为什么也居然能背诵得出来？她立刻给了自己一个解释：未上课前既已细心预备过，刚才又在班上反复讲解过，而且，这些东西实在太好笑了，正因为这些东西的好笑，于是就很容易地记住了。可是当她想到这些东西的好笑时，她那几乎要晴霁起来的面孔上却又立刻罩上了一层阴暗，她还不知道在学生中间这些东西所起的是怎样的反应。她忽然记起了多少年前，在中学的时代，她的国文教员给她们班上讲《列女传》的情形，她这时候想起来还觉得又好笑又生气，可是她此刻却给人教起《内则》来了，她一面这样踌躇着，而《内则》的调子却还在她心里反复回荡，她还仿佛听到自己在班上摆出了正正经经的样子，拖开了悠长的腔调向那些女孩子们讲解时的声音，她觉得有些迷惑。她故意要试验着从《内则》的第一句背起：

"子事父母，鸡初鸣，咸盥漱栉縰……"

她沉吟了一回，又沉吟一回，但是无可如何，下边的话她无论如何也背诵不出来了。她有点焦躁，她的脚步不但不曾加缓，反而更加急促了，仿佛那应当用于记诵的力量，却用到了两只脚上。她索性一面走着一面翻开了她手中的《礼记》："……笄总拂髦冠缕缨端绂绅搢笏……纷帨刀砺，……觿……燧……觿……燧……韠履著綦……妇事……"

"什么！什么！"她在心里这样叫了一声，干脆把书一合，只是差一点儿不曾把它掷到脚下，她再也不想睬它了。她想：无怪乎女孩子们在听讲的时候要不断地皱紧了眉头。于是她想起了许多女孩子的面孔：忧郁的，怀疑的，而最多的却是木然的，可是也并不是没有微笑的。胡倩，不错，是那个喜欢唱歌的女孩子，她的丰满的面庞上一对大眼睛在微笑着。"你在笑些什么呢？胡倩？我想我可以了解你那微笑的意思。"她心里这样说。胡倩是最喜欢挑剔教员毛病的，可是她很喜欢这个女孩子。还有张文芳刘蕙何曼丽她们。张文芳并不笑，她的脸上罩着一片匀净，那匀净之下却又藏着多少颖慧与哀愁。她想起了许多为她所注意过的面孔，她觉得她们都为她所喜爱，青年人都是叫人喜爱的，尤其是女孩子。她真愿意多多同她们接近一些，她愿意从她们身上取得一些生活的力量，愿意自己也再变回到年青去。而且，她想，她之所以肯来到这敌伪统治的学校中教书，也许是为了这些青年，也只有在这些青年身上，她才能找到一种工作的意义。可是不行，她又不敢对学生们有太多的接近，她现在已听到了谣言，似乎有人已在说她的闲话，有人在议论她，甚至说孟坚在后方如何如何。尤其可怕的是石川那个最长于侦察的老处女，还有犬养。她相信学生们对她很好，她们了解她，知道她是在不得已的情形中，学生应当知道她并不乐意讲《内则》之类的东西，只是不得已罢了。可是，为什么自己要弄到"不得已"的地步呢？她再也想不下去，这已是她想过千遍万遍的问题了。

她只顾埋着头走着，而且越走越急，她的疲乏已渐渐消逝，匆促的脚步使她几乎碰到了一个老妈妈身上。她抬起头来才知道已经到了应当转弯的地方，她向太阳下去的方向望去，西天是一片红霞，灿烂辉煌，好象一片锦绣。道旁一块平地上生着一片柔嫩的小草，这一片刚在萌发的春草，为晚霞所照耀，那颜色既不能说是鲜明可也不能说是黯淡，是一片喜悦，也是一片忧愁，那简直是大地黄昏的一片叹息。此刻她也看见那些排列在远天的山峰了，一个山头接着一个山头，在暮色中显出无限苍茫，她忽然想起孟坚的一封来信，她想：他此刻大概正站在汉江边那座山城上，看落日，听江涛，看无边无际的山头象弥天漫地的世界坟墓，他也许只想到我此刻正在家里给孩子吃奶，却不知道我在这道上胡思乱想，他甚至还不知道我已经在这样一个学校里教书,他走得太远了,远得比实际上的遥远更遥远,远得不可以里计算,她想起她那案头的一本地图,她常常在灯下迷失于山水渺茫的地图中。可是此刻她确乎应当赶快回去,也许孟坚又有信来,而孩子一定也要哭着找妈妈,孩子的姥姥一定抱了他在河边上等着了。

最后她终于走到了河边,河边上空无一人,只见河水默默地流着。她走入第一进院子,听到房东毛家的屋里正有人谈话。她回到后院自己的住处,看见姥姥在抱着孩子拍着,哄着,小孩子显然是刚才已经哭过。

"快来抱!快来抱!"

她已经伸出两手预备接过孩子。孩子见母亲回来了,猛然翻起身来吵着要妈妈。可是姥姥却很快地阻止了她:

"先不要抱孩子,先到毛家去看看,刚才来了一个姓庄的,说是昨天刚从那边回来,是孟坚的同事啊。"

"郧阳来的?"她忽然惊叫了一声,简直象在做梦,一时之间竟感到手足失措。

"是啊,听说昨天刚到,"姥姥说,"他来看毛家,也来看你,刚才你不在,就不曾到咱们后院来,你快去看看就是了。"

李嫂把灯拧开了,把桌子用抹布抹了一番,本来是预备立刻开饭的,此刻却又只好暂缓一下。

她走到里间,放下了手里的《礼记》,取一把刷子在自己衣服上急忙地刷着,又在镜子面前稍稍拢一下头发,心里忐忑地跳着,向孩子说一声:"回头再抱你,乖。"便折回到前院去了。

她的心在剧烈地跳着,她的脚步非常轻快,她仿佛惟恐惊动了什么似地用轻飘飘的步子走着，实在，她此刻感觉到的也不知是恐惧还是兴奋，她觉得她正好象面对着无底的大海而立刻就要跌落下去。"为什么庄荷卿能回来，孟坚不能回来？"她只是想到这么一个问题。走到了毛家的窗前，她立在窗下踌躇了一回，她听到人家正在切切地谈话，而且屋里是黑暗的，连电灯也还不曾开，她不知她是否应当闯进去，可是就在顷刻之间，屋子里的低语却已被她听清了。

"真是可怜啊，他不过只病了三天就完了！"

"才三天！"这分明是毛老太太的声音。

"因此好多人都觉得在外流亡不是办法，都想着早日回来。"

"那么关于他死了的这个消息……"

毛老太太这句话还不曾说完，她在窗子外边已经站不住了，她感到晕眩，感到有一种极大的力量要从她的胸中口中以及眼中爆发出来，她不知道她是怎样回到自己屋里去的，她象阵旋风似地扑到了自己的床上，什么人也不理，伏在枕头上就哭起来，而且竟呜呜地哭出声音来。

"什么事啊？话也不说一句？"

等姥姥问来问去什么也问不出，知道那姓庄的一定是带来了什么不好的消息，也不管孩子在一直嚷着"妈妈抱，妈妈抱"，便一股脑儿把孩子交给李嫂，自己整了整衣襟跑到前院去了。李嫂接过孩子想指着灯光哄他看"亮亮"，可是孩子却还在嚷着找妈妈，他在李嫂身上打着闹着地也哭了起来。

不到几分钟工夫，姥姥就回来了，一进房内就带着责备的口气说道：

"你看，你这算什么人？不明不白瞎哭一阵，幸亏人家姓庄的不曾到后边来。听毛老太太说，姓庄的说一个姓钟的在那边病了三天就死了，毛老太太还向他问到孟坚，说孟坚很好，叫咱们可以放心。毛老先生不在家，人家又不知道你从学校回来，谈了一会就走了，说是过几天再来看你。"

姥姥说完了这套话，就使气地回头来抱起了孩子，并吩咐李嫂道：

"赶快开饭，看已经多么晚了！"

可是今天的晚饭梦华就终于不曾吃。她自然是不哭了，她失悔她刚才错听了姓庄的话而闹了一场虚惊，不过，她还不能完全相信姥姥的话，她仍不能不感到悲哀，她想：既然人家庄荷卿能够回来，为什么他就不能回来？既然人家能通过防线，能漏过敌人的检查，他为什么就那么怕事？假如他也和庄荷卿一同回来了那又多么好？假如他也回来了，今晚上的晚餐该是一番什么景况。她越想越气，最后她猛然从床上翻了起来，从姥姥手里夺过了还在哭着的孩子，什么也不说，坐在床上给孩子喂奶去了。

二

　　昨天晚上梦华睡得很迟，她心里乱得象一团乱丝，但是又没人可以告诉。年老的母亲对她自然是很体贴的，可是有些事情却也不容易谈得来。老年人一天到晚只知道看顾孩子，疼爱孩子，等孩子睡了，或者偶尔把孩子交给梦华或女仆李嫂外，便忙着去念佛，一个人跪在佛像面前，"南无南无"地念个不休。她第一先为那流亡在外的孟坚求福，再替家里大人孩子求福，还要为地方安宁许下心愿，可是她对于一切事都无主张，她不能替梦华出一点主意，也不能帮着她解决什么问题。她偶然也向梦华发作一点脾气，那大半都是为了梦华不能周到地照顾孩子，或嫌恶梦华一天到晚发愁叹气的缘故，但是看了老年人生来的那一脸慈祥，那对于孩子的辛苦抱抚，梦华也就没有什么可说的了。让老年人求老年人的安心，让一切痛苦都由自己去咀嚼好了，至无可如何时，也只能抱着自己刚学说话的孩子，对着那无知的小脸数说一阵。这孩子是她生活中惟一的慰藉，可也正是为了这个孩子，她才得接受这份无告的痛苦。照平常素日的习惯，每天晚饭之后，照例是大家说一阵闲话，也许桓弟从公司里回来看看了，便说一些市面上的消息，说一些敌人和国军作战的情形，然后把孩子交给姥姥，自己便坐在灯下，去作自己的事情，一直作到困乏时为止。可是昨天晚间却不然了，她不把孩子交给别人，却直抱在自己怀中，孩子要下来试着脚步去找姥姥，她也不放。她让孩子在许多人的像片中指出爸爸，并叫他一再地叫着"爸爸，姥姥，妈，爸爸，姥姥，妈"。她很得意于孩子的记忆，虽然孩子还不曾见过爸爸，可是已经能认得爸爸的像片了。她用种种方法逗得孩子咯咯地笑着，看了孩子的笑脸，她自己也笑了，一直等到孩子睡下，屋子里完全寂静了，李嫂睡了，姥姥也早已念完了经去休息了，她自己才又落到无边的寂静中。她在茫然中听到有人在用力关闭大门的声音，那声音是那么紧，那么急，仿佛是下了最大的决心要拒绝什么人闯进来似的，那声音使她心里震动。虽然这地方沦陷已经这么久了，虽然孟坚在沦陷之前便已走开了，而且走得很远很远，已经完全走到另一个世界里去了，可是她还永远保持着一个痴想：门关起来了，他到外边去了，仿佛他是去访一个朋友，或是去买一件东西，夜深时他怎么回来呢？我可是坐在这里给他候门吗？其它地方的灯都已熄灭时，自己面前的电灯却越显得耿耿地发着白光，照得满屋子白闪闪的，象在霜里雪里，看看自己的影子，听听孩子均匀的呼吸，终于还是拿过学生的文卷来开始批改，也许已是半夜了，自己还在同自己的疲倦斗争着，直到睡在对面房间里的姥姥在床上辗转了一会，并且说道："太晚了，还不给我睡去！"这才于静静地端详了一阵孩子的睡脸之后独自睡下。

早晨，天色刚刚明亮起来，她就已经醒来，而且醒来得非常突然，仿佛是被什么惊醒了似的。因为今天是星期日，学校无课。昨天夜里入睡时她还立志道："明天非睡到八点不起！"然而她现在已经瞪着两个大眼，想再闭也闭不上了，她在思索着一个梦境，她明白她是因为那个梦境醒来的，但梦境已很模糊，仿佛是一片白茫茫的雾，随着欲曙的天色，雾气渐渐退隐，梦中事物已不可捉摸，她沉思了很久，她听到孩子的匀静的呼吸，于是回过脸去望着孩子的脸，孩子睡得沉沉的，闭着的嘴唇显得更突出了一些，"真象！"她心里暗暗一笑，于是夜里的梦境完全现了出来，但她却不能断定那完全是梦，因为她所想起的大都是当孟坚最后离去时的情形，梦境与事实混在一起，叫她无法分辨。她记得是他回来了，但究竟是从什么地方回来的呢？是从郧阳，还是从他们以前住过的泰安？她记不清。他脸上带着仓皇的颜色，一声不响地走了进来，他突着嘴唇，那嘴唇象用金属铸成的一般，在凝定之中含着不少的力量。他仿佛在同谁生气似的，她又看见他脚上穿了已经破得不象样子的鞋子，破鞋上满是泥土。她明白了，这是他曾经来信说过的："我们每天步行百十里，我们走在荒凉的山谷中，道路是窄狭的，满铺了碎石子，走起来真如同攀登一座刀山。我的鞋子完全磨破了，有时又须穿过荒草地，有时又须踏过泥潭，……我们的道路是艰苦的，然而我们的行程是快乐的，因为我们的前面充满了希望，你不能听到我们响彻在山间的歌声，真是遗憾，而且，每当我看到一处佳丽的风景，我就不能不想起你……"她一面想着梦境，一面却记起了他来信中这些言语。她记得她曾问他：

"你怎么回来了呢？"

"我回来了是因为就要走开！"

"要走开为什么还回来？"

"我要你一同走。"

"为什么？"

"因为敌人就要到了，我不能叫你留在这里受罪。"

"我不能去。"

"为什么？"

"为了孩子，为了这个经不起折磨的生命。"

于是他的脸色变得更严肃了，他的本来就非常黯淡的脸上更添了愁郁，他的嘴唇突出着，在忍耐着一种不易抑制的抖动。他沉默了很久，然后才断然的说：

"好吧，我不能勉强你，因为我们这次流亡一定很苦，我怕你受不过，但终有一日，你必须从这里离开，你必须和我同在。"

他说完了这句话，站起来就去了，也不看大人，也不看孩子，什么人也不招呼。他走得那么冷，冷得不象一次离别，竟引不起一点别离的情绪。他还说："我必须马上走开，因为这已是退出济南的最后一班火车了。"及至他已大踏步跨了出去，她才觉得情形不对，她想：你这一次走开岂不是没有回来的日子了吗，除非是抗战胜利？你要去干什么呢？你真是要去打游击吗？打游击又何必流亡出去？你平日开玩笑，不是曾经说过："好的，你不愿同我走，等我作了游击队回来把你劫出去吧！"今次他却并未这么说。她还忘记问他：泰安城炸得象什么样子？投弹的时候你躲在什么地方？我们的东西可都炸光了？这一切，她都应当问问，然而他走了。她恍然大悟，她急步赶出来，当她赶到大门时，正是他跨出大门的时候，她正要跨出去，而他却猛然把门一关，几乎把她碰倒，她听到了他急促的脚步，而且就在立刻，她听到了火车的汽笛，她心里想："他走了，坐了最后一班车。"于是她就在悲痛中醒来，遥远的火车声还在她的耳际留着余音。梦中的汽笛是响向南天的，而醒来后所听到的却明白那是开往北平的。"游击队破坏铁路的消息一再传来，然而敌人统治下的火车还是照常开行。"她心里这样念了一句，心里感到无限的烦乱。她想，万一那梦境是真的就好了，她也可以同他一块坐了最后一班车到他所去的地方，无论什么地方都好，只要不在这里受些无谓的气就行。然而梦境又如何能变成事实呢？他半年来一再地来信叫她走开，叫她去找他，但她如何能走得开呢？一个女人，拖一个不懂事的孩子，冒着种种危险，万一被敌人检查出来怎么办呢？她有种种理由不能走，她就一再地回信说叫他回来，哪怕回来看看再接她出去也可以。如今，人家庄荷卿不是已经回来了吗？应当去找庄荷卿打听一下！这个念头使她兴奋，她再也睡不下去，她看看孩子还在睡着，就独自从床上起来，匆匆地漱洗过，恰好那个每天早晨卖油条的老头也来了，梆子也不敲就照例送了烧饼油条来。

"这几天风声很紧啊，说是……"

老头儿总爱传送一点这类消息，可是今天她没有打听这些的兴致，哪一天风声不紧呢？大家都生活在暴风雨里边，就没有方法不听到震耳的雷霆。她不愿多说话，匆匆忙忙地吃着，喝着暖瓶里的白开水。她听到那个卖油条的老头在院子里同李嫂切切地谈着，只看见李嫂的表情一会紧张又一会松弛地在变化，她觉得有些厌恶。

姥姥早已念完了经。她对姥姥说明了她要到洪太太那边去一下，也许就从洪太太家转到庄家去。当她抓起了手提包已走到庭院中时，忽然李嫂在屋里高声嚷道：

"小姐，晌午可回来吃？"

接着就听见姥姥"嘘"了一声，那意思自然是不叫李嫂这么高声嚷，小昂昂还正在睡着甜觉呢。李嫂不再作声，而且连一举一动都变得轻轻悄悄的了。她在院子中间稍稍踌躇了一下，皱一皱眉头，什么也不说就走出了大门。刚刚迈出门限，却又碰到桓弟，他带着不安的神气，悄悄地低声说：

"姐姐，孟坚有信来被查了，回家来看吧！"

她怔住了，心里立刻紧紧地缩了起来。他们本来是要折回屋里去的，她却忽然一把抓住弟弟低声说道：

"不要到里边去说，免得叫娘知道了不放心，我们就在这里谈谈吧。"

弟弟从口袋里取出一封已经拆开过而又由敌伪检查机关重封起来的信，战战兢兢地递给姐姐，并且说：

"孟坚的信以后恐怕不能再由公司里转了，公司里很不高兴，幸亏这公司与日本人有关系，还可以通融，不然怕出大乱子，据送信人说：'来信人思想不正，收信人也要受处分呢。'"

她的手有点打颤，眉头紧紧地锁着，默默地读着孟坚的来信：

"……你为什么老是生活在过去的事物中？把脸抬起来，向将来看看岂不更好？假设你能时时以将来为念，你的全盘生活都会完全换一个样子的。让过去的都过去好了，已经毁坏的不能重新完好，除非我们重新创造；已经忘记的就不要再去追寻，只追寻旧梦,就不会有一个明日……你还老在痛惜我们毁在泰安的东西,这未免太好笑,你却没想到我们这一代人所损失的那些更宝贵更重大的东西!你却只在想着几篇故纸,几件小摆设,几件家具……我不许你想到这些,我愿意你想想别的……你还一再地劝我回去,我不知道你为什么会糊涂到这种地步,我回去干什么?我不但不能回去,而且我也许就要走开,因这地方又要不能安居了,我们的脚永是踏在危险的边缘上的,我们要到四川去,我也许从四川再去云南,再不然就去……我要你出来,我就在这里等你,假设你最近不能来,你将来就必须经历更多的困苦。……不错,有人是已经回去了,我相信他已见到你,但我不能学他,我们完全不同,我们完全是两路人,你不要认为他回去就认为我也一定可以回去,你应当去问问他路上如何通过,好作为你出来的参考。……至于你们的生活,我想你如能照常把家馆教下去就可以,这比你们从前在家里替人家工厂中缝袜口好得多,那不过是一种消遣,或者说是一种掩饰,既不能维持生活,又不能有任何意义……至于你说的教某某学校,我以为那绝对不可以,我甚至可以说不准你那么作,这理由不必说,你当然明白,你留在那里已经是错了,怎么还能再去作那种绝不应作的职业,你想想将来,你就可以明白了,你不要认为那种局面是可以支持下去的,绝对不能。……我近来很好,可以放心。我希望得到你答应我的回信。……"

她急急匆匆地读着,并没有一字一句地看过去,她只是拣选那些被敌伪检查员画了红笔的地方,她不说话,她要说的话不能对桓弟说,她决定写一封长信去骂他一阵。"简直是对我开玩笑!"她恨恨地想。她把信揉成一团,放在自己手提包里,坚决地告诉弟弟说:

"千万别叫娘知道。以后写信叫他格外小心就是了。"

她望着桓弟走向内院去的背影,又稍稍沉吟了一回,然后才丧魂失魄地跨出了大门。

她沿着小河走着。高高升起来的太阳照在河面上,稍远处波光闪闪,仿佛使她有点晕眩的感觉。河里漂着冬夏常青的藻草,那藻草的叶子细而且长,在水波下摆来摆去就象无数条绿丝带,那种漂动的姿态使她爱,可是今天,她在微微吹着煦风的河上走着,脚底下轻轻的仿佛自己已没有任何意志似地,自己也正象那水里的飘带一样了。她本来是要找洪太太的,她要去约她同去找庄荷卿,此刻她却仿佛连这个意思也模糊了。她只是向前走着,慢悠悠地沉默地走着。她的道路是远的,但她却想道:"好吧,愈远愈好,我就这样一直走下去,一直走到无穷。"仿佛要去访一个永远见不到的友人似地走下去,她只是愿意走一条无穷无尽的道路。

她一直拣那些幽僻的小路走,太阳快要直晒到她的头上来了。仿佛是偶然来到似地,她终于来到了洪太太的门口。大门闭得很紧,主人该是在家的,她刚要叩门,却听到远远地有人喊道:

"雷太太等一下,雷太太等一下,我来叫门好了。"

她向街道的两端张望了一阵,她看见一个女人向她招手,那女人穿着蓝布短衣,身上负一个白色的东西,那白色东西的重量直压得她直不起腰身。从那声音,从那圆而大的脸孔,她看出有点象洪太太,但她今天为什么打扮成这个怪样子,她今天简直象一个女仆，象一个舞台上的角色，那人越来越近，而且那人自己哈哈地笑起来了，笑得肆无忌惮，连行路人都觉得奇怪，一点不错，正是洪太太。

"今天买面来，你看，弄成这个鬼样子！"

她一面笑着，一面抓住了梦华的手。虽然是初春天气，因她负了一袋子面粉，又跑了远路，已经两腮绯红，汗流如注了。她急促地叫着门，门开了，开门的是洪太太的女孩，一个很壮健的八九岁的小姑娘。

"奶奶怎样？没有事？"她问。

"没有，奶奶好好的，她知道妈买面去了。"小女孩回答，随即又把门关起来。

"去告诉奶奶，说妈已经买了面来，今天可以吃面了。"她这样吩咐着，回头又对梦华说：

"请到我屋里坐，这几天妈的病沉些，还是不必见她。家里幸亏有这个丫头，不然我简直出不得门了。"

把客人领到自己的房间里，还不曾把面袋放下，就仿佛有千言万语要一口气说出来似地，开始说道：

"唉，真不容易，为了吃一袋面简直把命拼上。你看我挤得这样子，我知道这不是赴宴会，就故意换了这么一套破衣服，你笑吗，你看我可象个老妈子。真是，这年头，思远如再不来信，不管我们的事，我就给人家当烧饭的老妈子去了。"

梦华觉得要笑又笑不得，要想把来访的意思说明，可是一直远得不到一个说话的机会。她此刻正想问问洪先生可曾有信来，然而她终于找不到一个插嘴的隙缝。

"这年头真叫人活不成了，起初鬼子只统制大米，现在却又统制洋面，两个面粉公司都被他们霸占过去，将来恐怕连杂粮也不能随便买卖了，真叫人活活地气死！"

她一面生气的说着，一面用一把笤帚在自己身上前后左右的扫拂，扫完了，又用一块手帕用力地揩着涨红的脸孔，然后又急急忙忙去收拾凌乱的床铺，她把被子折了又折，又用那笤帚在床上用力打扫，同时又在不住地说着：

"我这里简直象个猪窝，真叫你笑话，今天早晨忙着去买面，连甚么都顾不得。思远在家时这样哪能成，他顶爱干净了……你看，我连白水也不让你喝一口！"

她从暖水瓶里倒出一杯开水，放在客人面前，早又继续了她的话锋：

"这年头吃饭都吃不到了，别的更是顾不得，"她用力坐了下来，愤愤地说，"就看鬼子们定的这规矩吧：一家五口的人十天才能买一袋面，买面的条子由警察按户分派，买面的日子也是定好了的，这就有许多困难发生了，譬如一家不足五口人怎么办呢？不是永远买不到面了吗？指定的日期没有钱不能买，家里没有闲人也不行啊！老百姓吃袋面真够麻烦，又得有钱又得有人，还得有闲工夫。不够五口人的要和街坊邻里去联络，两家合买一袋，回来两家平分，你看这够多麻烦！还有那些丧尽了良心的汉奸，领来了买面的条子再抬高价钱卖给那些特别急需的人家。就是面条子到了手，面却不一定买到，一个公司一天只卖五千袋，因为公司的院子里只能容五千人。譬如今天，我认为我去得最早了，我出门的时候天才放亮，可是那里早有几百人在等着了，听说远处的人还须前一天到附近亲戚家来住着等呢。我今天早晨去的时候什么东西也没带，我是豁着去挨饿的，就尽着耐性等好了，有些人是带着干粮去的，等得饿了，就在人堆中吃起来，因为既然要在那里等，就不能出来吃饭，出来以后想再挤进去就不可能了。所有几千买面的人都挤在那大院子里，若有人等得不耐烦了，也许想转转身，活动活动，叫鬼子看见了劈脸就是一鞭子，面还不曾买到，便已被打得头破血出，你有什么理可讲！这就叫作亡国奴的滋味，我虽然没有挨打，可是我也尝到这滋味了。鬼子的命令没有敢不听从的，鬼子喝一声'坐下来！'大家哗啦一声都要坐下，就是穿高跟鞋的，穿漂亮大衣的都只好坐在脏地上。唉，这年头，家里没有男人处处困难，遇到这种场合就不知得受多少委屈，今天我就看见一个极其贫苦的女人，怀里抱着一个哇啦哇啦哭着的孩子，也不知等了多久了，最后终于轮到了这个女人，卖面的人顺手把一袋面向她肩上一扔，没有扔准，扔在了地下，把袋子口摔开了，等女人把袋子抱起来时早已只剩了半袋，那女人背着半袋面，一面嘴里嘟囔着，一面向外挤，却又无端地被鬼子抽了几鞭子。正当我买了面出来时，我还听到这么一件事，这件事慢说叫我看见，听听也就够吓死人了：说是当公司才开门放进的时候，还没有维持好秩序，一个大姑娘挤在人群里不得进去，鬼子开玩笑，把她举起来亲了个嘴，气得那姑娘照着他脸上打了几个耳光，这一下可把鬼子打恼了，照准她肚子上就是一刺刀，那姑娘鲜血直流，听说连肠子都流了出来，她痛得在地上滚着，一直滚到公司门外的河里，唉，真是惨极了，可是也好，到底还打了鬼子几个耳光！……"

　　她比手划脚一口气说到这里，却丝毫没有疲乏的样子。她正要继续说下去的时候，忽然听到上房里喊"妈妈"的声音，她向客人说一声"请等一下"，就跑到上房里去了。

梦华自己留在屋里，觉得心里非常紊乱，刚才洪太太说的那个女人被刺出肠子的惨相在她眼前表演着，她甚至想道："假使我就是那个姑娘……"她想到这里，忽然浑身颤抖了一下。

"老人家简直想儿子想糊涂了，"洪太太从上房里回来时低声说，"她每天不知问我几次，就好象她的儿子来了信我故意不告诉她似的。"

"这也难怪，老太太上了年纪，又在病中，当然想念儿子的。"梦华终于得到了说话的机会。

"可是想儿子也不行啊，不管家里怎样，他远走高飞，连封信也不来，叫我们又有什么办法！"

她两只手掌用力一拍，用急促的口吻这么说。

"那么洪先生一直没有信？"

"没有，"她截然地回答，摇了摇头，"人家的时间太宝贵了，写封信不误了人家的事业？平日在家，动不动就是革命啦，斗争啦，坐在家里总有大话说，现在这年头，他当然更有话说了。谁知道他在外边干什么？说句笑话吧，男人们都是些靠不住的东西！"

"可是……"梦华的话未曾说完。

"可是什么？这不是逢场作戏，不负责任，哪怕是个女叫化子，只要年轻漂亮就行，他哪里还想到家里的老婆孩子？有时候本心不愿这样，然而弄假成真，无法摆脱，不能自主！不然为什么连个信也没有。说起来，我倒想请你写信时问问雷先生呢。"

梦华趁此把今天早晨来信被检查的事情告诉了洪太太，她甚至仿佛开玩笑似地说道：

"还托他打听！打听什么？他们还不都是一个鼻孔出气？可是，我几乎把要紧的事忘了，我本来是来告诉你一个消息的：庄荷卿从郧阳回来了。"

"唵，是真的？我不信！"洪太太瞪起一双大眼睛。

"昨天我差一点不曾看见他，他到我们那里去过了，当时我还在学校里不曾回家。"她的话多少有点含糊，她心里觉得紧了一下。

"人家居然回来了，我们那个却连信也没有！"

洪太太说这话的声音变得很低，顷刻之间，居然也显出了十分软弱的神情。梦华心里想道："唉，到底是女人啊，连洪太太这样大说大笑达观自在的人也难免如此。"她掩饰自己心里的扰乱，却故意装着奋发的样子说道：

"我们明天去找庄荷卿谈谈可好？问问路上的情形，说不定将来咱们就找他们去。"

"找去？那你也许能作到，我可不行，你看老人家病在床上这么久了，我如何能不管，如果我一旦走开了，人家才更有话可说呢。"

梦华最后把钟天祥在郧阳病死的消息也告诉了。

"那么我们明天就去找庄荷卿。"

"好的，明天见。"梦华告辞了出来。她仿佛获得了什么新的力量似的，用坚决的步子，一气走回家去。她走进大门时，正好遇到毛老先生在院子里散步，他的脸上本来是表现着一种冷然的愁郁的，一见梦华进来，却忽然强作着微笑问道：

"礼拜天还到学校？"继又换了话题道：

"可曾看见庄荷卿吗？听说……"

她匆促地回答道:"正想明天去看他呢。"

又交换着谈了几句各人学校中的情形,老先生最后叹息道:"如今的事怎能认真,为了生活,就马马虎虎干下去好了。"

她对于这话,并无回答,只是点点头似乎表示同意。

三

几乎是同时，她们都被枪声惊醒了起来。

"枪声！"梦华低声说。

"枪声！"姥姥也在低声回答。

她们说话的声音很低，而穿衣服和举步的声音却仿佛显得特别刺耳，特别洪亮。她们很快地都聚拢到了屋子的中间，在佛堂面前，拖着鞋，还用颤抖的手指结着腋下的纽子。

梦华今天是应当早起的，她必须在八点钟以前到学校去参加那每星期一次的朝会，她必须以极其痛苦的心情去听石川或犬养的讲话。"日支亲善"，"东亚新秩序"，……终归是这么一套。她早晨一醒来便想起了这些，这些都是笼罩着人们心灵的魔影，她想到这些，便觉得这一天的生趣都没有了，其实岂止一天！她在学校里就竭力避免遇到这些魔鬼，然而每礼拜一早晨却是不能不见到他们，而且还要听他们的胡说白道。可是，今天，今天，哪里来的枪声？

"这难道真是——"

她一句话不曾说完,又好象忽然想了起来似地问道:

"娘,桓弟呢?昨天晚上不是没有走?"

正在这样问着的时候,桓弟急急忙忙地跑回来了,而后边还紧跟着李嫂,这时候就恰巧有一颗子弹嘘然一声从他们头上飞过去,姥姥低声骂道:"作死啊,你这两个鬼!"

桓弟昨天夜里不曾回公司去,他今天早晨醒得很早,本来预备一起床就赶快回公司的,但他一听到枪声就跑到了前院,顺便叫起了李嫂。他们两个跑到了大门洞里,看见大门还在紧紧地闭着,而且比平日还更多了一根顶杠,他们知道一定是毛家在作着一种意外的准备。当他们正在那门里急得无可如何时,就听见毛老先生在屋里说道:

"桓弟,千万别开门,大概是游击队又来攻城了!"

他同李嫂从门缝里向外望了一阵,什么也望不见,又把耳朵放在门缝上向外听了一阵,只偶尔听到奔跑的脚步声。他很想探听一个明白,但最后还是由李嫂强拉了回来。

"你听,你听!"梦华兴奋而又胆怯的说。

在静穆中,枪声越来越急,也越来越近了。

"怪不得今天早晨这么静啊,"桓弟嘎声说,"我早就醒来了,我心里就觉得有点奇怪,鸡也不叫,狗也不咬,静极了,卖杏仁茶的,卖菜的,什么叫卖声也听不到,连那个每天早晨来卖烧饼油条的老头子也不曾来,仿佛整个济南的声息都停止了似的,我心里正在奇怪,忽然就听到了枪声,那时候娘和姐姐都还不曾醒——"

他说到这里,正要回头看看姥姥,却不知什么时候姥姥已经跪到佛堂面前不出声地念起佛来了。他笑了笑，正要说下去，这时候忽然外边起了一阵喧扰，呼喝声，厉骂声，奔跑声，马蹄声，枪声越响越紧密，而在这些混乱的声音之中，忽然听出一句：

"中华民族万岁，万万岁！"

这声音清楚极了，就仿佛是在他们的窗外，不，简直就在他们耳边，在他们心里，他们不自觉地象触了电一般，浑身震抖了一下。李嫂虽然并未听懂，但她也知道是自己人来了，来杀鬼子了，她不知怎么好，终于跪在姥姥旁边，也默默地祷告起来。

忽然一阵枪声，就仿佛响在他们的房上，仿佛有人站在他们房顶上开了火。隔一条河在他们房子对面就是城墙角。桓弟心里想了一下，在心里笑了一下，又仰头向山墙的高窗看了一下，他有了主意，他想往外院去搬梯子，被梦华阻止了，他把一张吃饭用的桌子拉到窗下，又把一把椅子搬上桌子，不成，还是太矮，他又把一个方凳按在椅子上，他上去了，他把窗纸一把撕破，又把脸贴在窗上向外望去，他不说话，他的呼吸非常紧促，梦华本来是在下面呆望着的，并且给桓弟扶着桌子，以免那桌子摆动，因为那桌子，以及那桌子上的椅子凳子，也仿佛兴奋得颤抖起来了。她当然急于要知道弟弟所看见的一切。桓弟正要说一句：

"快来看，是咱们的人！"

却被小昂昂的哭声给打断了。

梦华急忙用轻快的步子跑到自己屋里，一把就把孩子抱起，孩子看了母亲脸上紧张的样子，先已不哭了。她给孩子胡乱的穿着衣服，连纽子也不扣，带子也不结，只用一条小被子包起孩子的身体就抱了起来。而且还把嘴凑在孩子耳朵上，仿佛对一个大人说一件秘密一样：

"乖，别哭，别哭，游击队来打鬼子了，来替宝宝打鬼子了。"

小孩子果然不哭，也不叫，好象他也意识到了当前的空气之严肃，而且他特别清醒，也不再象平日一样：每天早晨醒来了，必须在床上躺一回，吃一回奶，或者两只小手捧着奶玩弄一会，而且还得叫一番"姥姥，爸爸，妈"，还得叫姥姥来看着，来哄着，还得揉一阵眼，打一阵呵欠，他今天完全象个懂事的大人，他在注视，在倾听，他望见了舅舅，他觉得奇怪。

枪声。小孩子也听到了枪声，他用探寻的眼色向四周望了一阵。

"快来，快来！"

她居然抱着孩子攀上了桌子，桓弟俯下身子来拉她，并且兴奋地说：

"快看，咱们的旗子！"

也不顾桌子椅子的颤抖，也不顾孩子的重量，更不顾外面枪声的紧张，她攀上去了，她攀住桓弟的肩膀，她的脸紧贴在窗上，可是在桓弟和她的脸中间，还给小孩的脸留了一个空间，他们三对眼睛向外注视，向高处注视。

国旗正在高高的城角上飘摇着，映着朝阳，颜色鲜明极了。"母亲，母亲，我很久没有看见你了！……"她心里象闪电一样这样念了一句。她的眼泪在眼眶中充满了，她看一看桓弟，仿佛要对他说一句什么重要的话，可是看看他眼睛的湿润，也就无话可说，她竭力使孩子也注视那旗，那鲜红的旋风，而孩子也居然看见了，孩子的脸上有一瞬间的微笑。

"咱们的旗！咱们的旗！"

她正在用手向外面指着，一低首间，那旗子就不见了，城上一片如雨的枪声，有子弹向窗子这面飞射，他们急忙从上边下来。他们的耳朵里响了一阵隆隆的声音，仿佛大地在跳动，接着是紧密的机关枪声，叫号声，呼喝声，整个的城市在混乱中，以后就渐渐地静下来，枪声远了，稀疏了，偶尔还有几声较近的枪声，那声音显得特别尖锐，孤单，仿佛只是一种余音，一阵暴风雨的最后持续，最后的几个雨滴，几个树叶的摇动。

他们觉得很空虚，他们默默无言。姥姥和李嫂也从蒲团上起来了，她们都长长地舒了一口气。

"不怕死的东西，抱着孩子还爬那么高，万一一个子弹！"

姥姥睁大了眼睛，把食指照自己女儿和儿子用力指了一下，接着，就抱过了孩子，要到里间去给孩子穿好衣服。当姥姥将要走进内间的时候，却又回转头来笑着低声问道：

"可是把鬼子打完啦？"

他们不回答，只是摇摇头。

太阳已经上来很高了，照得一院子寂寞，大门并没有开动的声音。外面偶然有人大声喊"站住！"有脚步急趋声，于是有枪声停止了那脚步。

这一天他们就关在家里过了一天闷闷的日子。

早晨的天气本来是十分晴朗的，九点以后，太阳却不见了。天空渐渐阴暗起来，而且下起了淅淅沥沥的细雨。人们不但不能出街，就是连房门也懒得出，大家都显得呆呆的，虽然心里也许有一种什么特殊的力量在随时准备一个爆发，可是这是在自己家里，没有任何地方可以使人作为爆发的对象的。雨越下越大了，那沉默本身就成了一种压力，叫人感到有必须把这压力推开去的意向。李嫂是最不耐沉默的，她时时都在准备说话，可是她说什么呢？她忽然想起来了：

"今天没有早点，连青菜也不能去买了！"

经她这一提醒，大家这才意识到直到此刻肚子里还都是空空的。

"什么早点不早点？大概都饿了，就先煮点稀饭吃吧。"

李嫂仿佛得到了解放似地，急手急脚地冒着雨到厨房去了。

姥姥抱着昂昂，说着一些为小孩子所莫名其妙的闲话，小孩子只望着窗外的雨线在出神。

"学校里今天当然不能上课？"桓弟忽然这样问。

"当然，明天能不能上课也难说，不过只要街上恢复了交通，明日是非到校不可的，不然就怕有人说闲话。"

姐姐有意无意地回答着，并又继续问道：

"你昨天不回公司就不大妙，今天又不到，明天去了可知道会有什么问题？"

她不自觉地皱起了眉头。

"管他妈的，干不成也就算了，不是为了生活，谁还喜欢去给汉奸鬼子们作事？我想干脆不如……"

他一句话未完，姥姥已经沉下了脸孔，用生气的眼色望着他说道：

"你可又来了，好容易托人家毛老先生给谋得这个差事，却又这么胡说白道！"

梦华本来还想把洪太太买面的困难情形告诉桓弟，并且希望将来能在桓弟那方面替洪太太设点办法，免得她再去受那些困苦，——她昨天在洪家时本来就想把这意思说出来的，当时心里稍稍踌躇了一下，就不曾直说，心想，回家后问问桓弟再说吧，可是此刻就连自己弟弟也不愿再说了。她心里在想着另一个问题，她想着学校里的情形，她希望学校因今天的事变暂时关门，她以为有许多伪政府要人的女儿一定不敢再到学校了，还有几个东洋魔鬼，也许不敢露面了，学校里该是一团混乱。但是她又担心，万一敌伪要故意表示镇静，一切都照常，而她也必须照常去工作，而且还必须加倍地矜持，表示自己并没有什么异样，不然就会叫人怀疑什么的。她心里乱得很。听到刚才弟弟和母亲的话，她立刻想起来的是当毛老先生介绍她到女师教书时所说的那话："去么，反正是为了生活，不得已呀，只要有办法谁还肯去帮他们？"她想起那老人两手向两边一摆的姿势，表示出一种无可如何的苦衷，他还拿自己作为例子，说道："你看我，我这么大年纪的人了，也还得出来作这份丑事！不是为了生活吗？其实假使雷先生在家，还不也是一样得出马？"她心里乱了一阵，又想起应该给孟坚回信，她想在信里骂他一顿，想再催他回来，只是踌躇着是不是应当把教书的事情也直截了当地告诉他，而且学校的卷子还未改毕，她似乎应当趁今天把卷子改出来，又想昨天约定了今天下午要去看庄荷卿的，当然是不可能了。她看了桓弟一言不发只是坐在椅子上仰脸看屋梁的情形，知道桓弟心里正含了一大包的痛苦。她为了要转换一下这空气，于是说道：

"桓弟，你应当到前院毛老先生那里去谈谈，也许会有什么消息的。"

桓弟不言语。

"还是吃过稀饭以后再去吧，老先生也许还在歇着，反正早晨不会睡好。"这是姥姥的意思。

桓弟却连稀饭也不等，猛然站了起来，象十分恼怒的样子，跑到母亲房间里，倒在床上，用被子连头带脑的裹了起来。

"是我害了他，"梦华心里痛苦的想，"假使当初允许他走开就好了。"她也站了起来，无力地走向自己房间去。虽然昂昂当看见她起来时，在伸出两手喊着妈妈，她却连理会也不曾理会一下。

一夜雨，洗净了昨天的痕迹。早晨的太阳照得很明亮，很新鲜。大门开了，人们的心也开了，外面传来种种市声，一切如常，卖烧饼油条的老头也按时来了，七点半，他是这一带居民的活钟表。他接受多少大门里边的不同的召唤，而说着那同样的回答："来了，来了。"他一手提一只长大的篮子，沉甸甸的，一手拿一个白色折子，那折子里充满了阿拉伯数字，那代表买者和卖者两方面的信心。

"烧饼啊，油哇——条！"

这熟悉的叫卖声走过了河边的巷子。

桓弟已经漱洗完毕，他急于要回到公司去，可是他要先打听一下。他跑到前院，正好看见毛老太太也在拣着油条，他微笑着说道：

"毛伯母，您早。毛老伯可已经起床？"

"他今天起得特别早，已经出去了。"

老太太回答道，并又指一指卖油条的，说：

"他说街上已经和平时一样了呢。"

当她拿了两对油条走回自己屋子去时，桓弟就先去把大门闭了起来，然后才回来对卖油条的老人说：

"来，来，来！"

老头子随他到了后院，就被几个人包围了起来。并且一齐低声问道："怎样？你该知道一些！"他干脆把篮子放下，任他们自己且拣且吃，并且正如他们心里早已明白的，任他们问这样问那样。李嫂尤其显得兴奋，她甚至搬了一条板凳让他坐下，可是他又如何能坐下呢，他那已经折磨过六十几度春秋的身体还是非常壮实，他的眼睛放着既矍铄而又和蔼的光芒，他叹息着低声说道：

"唉，难道这也是天意，是济南的灾星未满，不然的话，为什么咱们的队伍竟会接不上？真可惜，叫鬼子们给了个断腰斩蛇，首尾不相顾！"

他用惋惜的神色望望这个，又望望那个，他仿佛要把自己的嘴唇依次地接触到每个听他讲话的人。听话的人都默默地，却又是紧张的，在等待报告他所知道的消息。

"天刚亮的时候，我第一趟出来就遇上了。"他先向姥姥注视了一下，当姥姥微微点头之后，他才继续说下去，"咱们的人是从南圩子门进来的，一进来就先把守门的鬼子砍翻了。当年的弟兄们居然还有认识我的，我一看是自己人来了，就请他们吃烧饼油条，可是这哪里是他们吃东西的时候！他们一直到南门里舜井大街，都是毫无阻拦的，他们很快地就摆开了阵式。那个领队的小伙子可真英武，看样子才不过十七八岁，他一手提刀，一手拿着盒子炮，这么一指，那么一指，队伍就散开来，那么快，又那么整齐。听说后边人还多着呢，不知怎么一来都给隔断了。这时候已经四门紧闭，鬼子兵一汽车一汽车地开了过来，他们就开了火。无奈咱们的人太少，当然敌不过鬼子，结果是杀的杀，逃的逃。不料那领队的小伙子却被捉住了，鬼子先把他的鼻子割掉，然后又用铁丝穿透了手腕牵着走。

那领队的脸上早已血肉模糊，他却毫不含糊，一路走着一路只是喊道：'我既进来了，就不想再回去，要杀要剐，老子听你们的便！'这真是个好小子！可是咱们的老百姓也不差，那些不怕死的铺伙，有胆量的老百姓，霎时间都把破板凳，破桌子，门板，床板，竖七横八地堆了一大街，卖铁壶的拿铁壶，卖磁缸的拿磁缸，凡是认为可以挡住日本兵车的东西，都拥到街上，等鬼子的兵车来了，结果轧得这些东西满街乱飞，还有那些被咱们弟兄们遗弃下的军衣，军帽，跑掉的鞋子，那样子真乱，也真是惨极了，接接连连不断，一条街成了一条血洒的河道，一直到东圩子门，咱们的人是从东圩子门逃跑的。"

他说到这里停了一停，又望一望正在连口不绝地发着啧啧声的姥姥，而本来是正在吃着烧饼油条的梦华和桓弟，却只是两手捧了已被咬过几口的烧饼而忘记了咬嚼。全屋子有片刻的寂静，小昂昂还在睡着，不曾发出半点动静。

"有一个小伙子，又疲乏，又害怕，完全傻了，东跑跑，西跑跑，好象'鬼打墙'似的，怎样也找不到出路。鬼子在后头，眼看追上来，幸亏警察到底还是咱们中国人，看了那情形真是急坏了，猛然一耳光打在那小伙子的脸上，这一耳光把他打出了好几步远，他挣扎了一下，几乎摔倒，他立刻清醒了，这才逃向东圩子门去。

"还有一个开馍馍铺的，看见咱们的队伍进来了喜欢得不知怎么好，他把他家里的馒头大饼都一齐搬了出来请弟兄们吃，大家见这情形也都乐得齐来送汤送水。这事情叫鬼子们知道了，说这个开馍馍铺的里应外合，将他全家人都砍了，两个小孩子活生生地劈成了几瓣，扔到了当街。

"听说,那个给咱们人做向导的是一个拾粪的孩子,他从千佛山的小路上把大队领了进来,还告诉他们哪里是驻扎鬼子的地方。后来鬼子兵将这孩子捉住了,全身脱光牵了走,有的用刺刀刺,有的用皮鞭抽,那孩子简直成了一个血人了。鬼子问孩子姓什么,住在什么地方,孩子到底不肯说,只是一路惨叫。"

他说到这里又停了一下,他仿佛在思索一件事情,最后他仿佛才猛然忆起似地,几乎是欢欣鼓舞地说道:

"你们可曾看见?我想你们是不会看见的,我是说咱们的旗子。咱们的旗子就插在这里的城头上,就在你们的对面。那个插旗子的才真是个好小子,手脚真是快极了,城墙是那么高,他曲溜曲溜地往上爬,赶忙插完了旗子,连翻三个跟头就到了平地,可是他好象已经受了伤,走起来一瘸一瘸地……"

"那么当时你在哪里?"

桓弟正想这么问一句,老头就翻开账本,敏捷地画了一个数字,提起篮子就往外走,他仿佛是专为了报告消息而来的。他走到门口时又回头说道:

"现在是什么也看不出两样来了,街上铺家都开了门,你想谁还敢不开门?鬼子们还要挨户搜查呢。"

他留下一阵沉默,几声叹息。一个乌鸦在房头上哇啦哇啦地叫了一阵,又飞去了。姥姥心里很烦,她骂道:

"死老鸹,你来这里叫什么叫!"

四

"你为甚么老是生活在过去的事物中呢？把头抬起来，向将来看看岂不更好？"这句话在梦华的心灵中回荡得太熟悉了，当他们在一起生活时，孟坚就时常对她这么说，现在由于战争把他们隔开了，隔入了两个世界，他每次来信尤其爱这么说。然而这句话在两方面的理解中也许不尽相同，在孟坚方面是由于在信里说话不方便，便用了这句话代表了很多意义，暗示了很多嘱咐，而在梦华呢，却也许只是当作了一句很简单的话，就仿佛当年他们面对面以半真半假或似开玩笑似劝告的态度谈话一样，而梦华之所以这样不忘过去者，实在也还有它的更远的原因。

她的幼年时代是在一种非常安乐的环境中过来的。她的父亲是前清光绪末年的进士，由于多年居官，为自己妻子儿女预备下了很好的生活。她有一个大哥，一个弟弟，两个妹妹，她的母亲是一个温柔和善的女子，她们姊妹都承受了这种好性格，尤其她，幼小时候就显得非常善良，非常安静，因此也就更为父母亲友以及内外仆婢们所爱惜。只有她的大哥是不同的，他二十几岁时正当家道的鼎盛时代，他象一般富贵人家的少年子弟一样，浮华浪荡，无所不为，在使用金钱追逐快乐上显得十分精明，而在处理正经事物尤其是较重大事情上则显得十分愚蠢。一旦家庭中那个掌舵的撒手去世了，全家的事业落在这位大哥身上，于是也就毁灭在他手中，到终于无可如何时，他一个人卷了小小包裹，逃到了天边海边，一直就没有音信，余下的母亲和弟弟妹妹们，便突然一下子落在贫苦无告之中了。这时候她中学还差一年未毕业，她自食其力，半工半读，好容易奔到了大学，她不但照顾了她自己，而且用课外工作所得以供给家用，供给弟弟妹妹们求学。由于实际的困难，两个妹妹都早早地结了婚，这在她，一方面固然是减轻了生活负担，但一方面也给她添了不可磨灭的疚心，母亲虽然不说，但老年人的愁苦是显然的，假如父亲犹在，两个女儿都是金枝玉叶，如今却只好各自到一个中等人家作了承当辛苦的媳妇，她每每想到这一点，便会暗自流泪。好在她的弟弟已经在她的扶持下长大成人，并且可以渐渐独立生活以奉养自己的母亲了，这在她也是莫大的安慰。她常常自己说，她的两只脚是踏着深深的泥泞过来的，一步一步都踩下了难平的脚印，痛定思痛，她又如何能不回头看看那些旧迹？至于孟坚他却完全是农家出身，他从贫苦到贫苦，从艰难到艰难，而贫苦与艰难却只磨炼他教养他，使他更结实，更勇敢，他离开乡村走入一个省会，也就渐渐地抛开了农村子弟的保守性，又从省会进入一个最富有文化滋养的大都会，他在这里接受了他的大学教育，而他所遭遇的时代更是一条非常严酷的鞭子，他就一直在这时代的鞭策下前进，他从自然科学到文学，又从文学到社会科学，他在各方面都有浓烈的兴趣，在性格上他是那么木讷，而在感受与激发上他又是那么锐敏，他的永远昂首向前，也就是极其自然的。梦华常常用了玩笑的口吻对他说：若是把时间推前若干年，她是绝不会和他这么一个人碰头的，而孟坚的玩笑却更其彻底，他说：如把时间提前若干年，他们即便相遇了，他也一定掉头而不顾。这就是说，在从前他们的距离很远，如今却非常接近，而且可能地，在一种共同生活中将变得毫无距离。他也象一般近于狂妄的男子一样，容易把自己所遇到的女人当作自己的小学生，还希望她是一个好学生，愿意她能够完全象她的先生一样。然而他这个学生却有点不同，她过去的忧患，她肩上的重量，以及她对于弟弟妹妹们所尽的责任，使她已经是一个很好的母亲，在她的眼中，她又何尝不是把他也当作了一个弟弟或妹妹，而以一种母亲的爱来照顾他，这些虽然在各人的意识中并不十分清楚，而其存在于两方面的情感中却是显然的。后来等到一件大的变动，一次亘古未有的战争到来的时候，也就更作了具体的表现。

受屈辱的国家与受屈辱的人民，对于战争的看法是极其不容易说明的。自从"九·一八"以后，他们就一直住在那座最接近战争的大城里。那是一座非常古老，非常宽大，非常美丽的城市，人们既已在这里住下来了，便不想再走开，万一必须走开了，便没有方法不想念它，这里的山光水色，人情物态，在在都使人悠然自得，单是蓝得透明的，高得不可捉摸的天空就吸引了多少人的梦想。住在这里的人们，尤其是青年人们，若说是忘记了民族的仇恨，或说他们不曾感到暴风雨之随时可以袭来，那是有几分错误的，但是，若说他们已为这都市的雍容所涵化，并为一种奇怪政治情势所逼迫，因而大都怀抱一种无可如何之感，那却是并不冤枉的。他们有时候心里也感到"不能奋飞"的苦闷，然而一个国家的战争却绝不象一个人的短足旅行那么容易，没有可以飞的翅膀而徒有欲飞的志愿，终也不会有飞扬的可能。他们，尤其是他，就正是充满了这种感情的人。当他们要离开大学，为了生活要到去故乡不远的泰山下从事教育工作的时候，他们才更感到了这座古城的可爱，而当他们担心这地方将来也许不幸而变成东北失地之续的时候，就借了一次情感的爆发而不禁失声的痛哭起来。他们在泰山下边一个中等学校里工作，三年多的时间在平静中过去。在这三年内，他们很热心地贡献了自己的力量，看着一些从农村中出来的学生在接受他们的影响，象花草之接受了水分而日见其生长，他们也感到了莫大的快慰。但教书生活到底是一种相当寂寞的生活，时间久了，也难免生厌。为了调剂这种生活，到了第三年的暑假，他就提议去作一次长途旅行，他们想由济南，而青岛，而天津，而最后的目的还是那座古老的北平城。在动身以前，他又提议先回到乡下去看望自己的父母和弟弟妹妹。最初，她也还并不十分赞成，因为一个女子既有了一个所谓"家"的存在，便只想经营这个家，并理想日积月累，渐渐有所建设，她的心正如一颗风中的种子，随便落到甚么地方，只要稍稍有一点沙土可以遮覆住自己，便想生根在这片土地上，即便为了少花几文钱，她觉得甚么旅行之类也是完全不必要的，她只是需要休息，需要安定，而绝不愿意无故的变动，但提到北平，而且至今那座古城还仿佛完好的等她回去看望时，她也就答应了。他们先到了孟坚的乡下，这在梦华简直新鲜得不得了，因为她是一直生长在都市中的，乡下的一切都使她爱，都使她惊奇，而慈善的翁姑与朴实的弟弟妹妹更使她惊讶于世间竟有这么可亲的灵魂，她甚至想到，而且竟老实地告诉了孟坚，她宁愿在乡下住下去，宁愿在这么一个家的温暖和爱中过此一世。至于孟坚听了这番话也只是笑笑，虽然老年人一再希望他们多住些时日，但他们终于还是走了。他们想赶快回到省城，然后坐了有定期的半价车直达青岛，再顺利地坐船北上，到北平后就好好地温一下旧梦。一提到去北平，他们就会眉飞色舞起来，他总爱问她："到北平后你第一希望的是什么？"她的回答却往往出乎他的意料之外，她说她只希望在金鳌玉蝀桥上遇一次夜深的暴雨，好再听一次南海北海中荷叶上的急雨声。他听了就报她以会心的微笑。当他们在那座古城中相识不久，两方面都正在一种难以捉摸的感情中相处时，一个深夜，他们携手走到金鳌玉蝀桥，天本来是晴的，却忽然听到了飒飒的剧响，等到大雨淋到头上，这才知道方才的飒飒声乃是两海荷叶上的雨声，雨从桥南渡到桥北，恰好可以沾衣濡足，一阵风过，又还给他们满天星斗，现在想起那时的情景真感到一种说不出的愉快。他们甚至想打赌，看是否能再有那么一场暴雨，如果是的，她就宁愿淋得象落汤鸡一样而毫不怨尤。然而，出乎他们意料之外，这场浪漫的暴风雨他们将永难再遇，一场最现实最剧烈的暴风雨却起来了，最初还只是阴霾，只是响空雷，人们还象过去一样，以为一切又将以妥协方式完结，但等到芦沟桥的炮声一响，真正的战争便开始了。在不得旅行一方面说，他们也许有一点儿失望，但这样的战争岂不正是他们所久已渴望的！中国要站起来，也只有在反抗中才有可能，不然，便只有沦于灭亡。这是任何人所抱定的一种信念。他们从乡下的家里回到了省城，在梦华母亲家里住了几日，因为怕敌机轰炸，连梦华的母亲也一同搬回了泰安,只留下她的弟弟在家看守,而且他因为职业关系也不便离开。但等他们回到了泰安之后,不但敌人已近德州,而泰安居然遭了一次最惨的轰炸,于是临到了他们作最后决定的关头。时候正是严冬,北风刺骨,冰雪载道,学校决定向后方迁移。后方,哪里是后方?谁也不知道。迁移,迁移到甚么地方,到什么时候为止?谁也不知道。然而有一件事却是人人都知道的,就是必须吃苦,而留在家里当然是最下下策。这问题在孟坚是非常简单的,一个字:"走!"而在梦华就麻烦了,甚么家里的东西呀,年老的母亲啊,天气的寒冷啊,路上的饥饿与其它危险啊,她不愿走,而且也不让孟坚走,她不愿意让他一个人去受罪,她劝他,说他,恼怒他,感动他,而她还有更重大的理由,她不愿意怀着一个未出世的小生命去逃亡,更不愿到荒乱的流亡途中去冒险生产,她无论如何要留下来,孟坚虽然也觉得她的处境之可怜,但他终于先把她同她的母亲又送回了济南——因为当时政治上一种奇怪谣言,说济南将毫无危险,至今其它大小城市均已被炸,而济南则安然无事,便是明证——然后自己便随着学校向后方迁徙。在当时,谁也不知道战争于何时结束,但日子很快的过去,而且由于战争的性质所决定,这才知道这战争是长期的,那些当时以为只是暂时离别的人们,这时候才知道团聚将大不容易。在后方的希望留在沦陷区的人赶快逃出来,那自然很困难,而留在沦陷区的人希望流亡的人赶快回家,也一样不可能,而且也不应当。这以后他们两方面的来往信件也就大都为了这件事而争吵。最初,当那个小生命离开了她的身体,而且由于他的诞生几乎把她带到了死亡,她卧病很久而渐渐恢复健康时,她给他写道:

"在孩子身上,我不但得不到安慰,而且只是增加痛苦,他是折磨我的冤家,他吸我的血,累我,使我病上加病。我生趣毫无,已感生不如死,得以解脱。我现在挨着病等你,你忍心不回来,我等不了你,也就是无可如何的事了!"

然而他的回信却说:"要好好保重身体,等健康恢复了,你就可以出来,而且,为了孩子,为了这个新的生命,你更应该出来。"他居然一点也不曾体谅到她的痛苦。在以后的另一封信里,她写道:

"我天天想给你写信,但又觉无话可说,我真是无话可说吗?一肚子话,我不知从何说起!我相信现在叫我见了你,我会一句话也说不出,我只有痛哭而已。

"半年来的委屈痛苦,有谁知道!我常夜里睡不着,拧开灯起来坐着,看孩子沉睡的样子,小脸圆圆的,呼吸那么匀停,一回笑一回笑的,也不知是梦见了甚么,他又哪里知道我的忧愁。我拿起你的信读了又读,如同对语,竟忘记身在何处。望见窗前一片明月,悟及我们相隔万里,黯然若失!

"我想泰安被毁的东西,衣服饰物我不痛心,因为有钱时可以再买,但书籍讲义之类全被毁坏,真急得我发昏,尤其是你的旧信,当年一天一封的信,也全给我毁掉,我哭过多少次,我想起来就哭,我有什么办法呢!我想过去的,过去都是好时光,好的时光已经都过去了。"

这样的信,她不知写过多少,很显然地,那个在远天边接信的人却并未给她那应有的回答，出乎意料的，他的来信反多是充满了责备的口吻，总是说："你这个人，为甚么老是不忘过去呢？向大处看看，向将来看看不更好吗？"其实，她也并不是不向将来仰望的，在她的理想中，将来也闪着一种光，不过那是很微暗的光，而且又不是他所希望的那一种。她是在生活的道路上奔波得太苦了，而此刻她又落在一个孤立无援的环境中，这环境中充满了危险，充满了威胁，无可如何，她就只好在一种痴想中过日子，而在战争以前，她也本来就时常这样梦想的，她甚至把她这种梦想也告诉了孟坚，她写道：

"将来我积一宗钱，就可以盖一处如意的小房子了，……大门朝东，一进门五间北屋，两间东房，用花墙子隔成两个院落，用青石凿一个横匾，写着'西园'二字——你当然知道为了甚么用这两个字，西院三间西屋，是我们读书会客之所，开一后门，临河，以便浇花灌菜。那时我不反对你买书了，我们不读书干甚么呢？窗前种点芭蕉，以听夜雨，种几株梧桐，以赏秋月，约二三知己，酒酣耳热，引吭高歌固好，焚香扫地，煮茗清谈，亦未尝不好，'西园日日赏新晴'，将为我们所咏了。"

这样的信写去了，却往往很久不见回音。在一种无可如何的情形中，她就又写道：

"孩子脾气很大，无论甚么事都得依他，不然就要大哭，又太小性，总不肯听话。你吵吵他，他也是哭。走不好，偏要学着走,但须大人弯下腰扶他,真是累死人!地摔了他,他打地。墙碰了他,他打墙。隔日他还不忘,毒气不出的那样子,又笑人,又气人。坚,你说他这性子象谁呢?天性所关,真是令人难解,然而这样的性子之足以折磨煞人,也就是非常明显的事了。……

"姥姥和孩子,天天在外边玩,家中只剩我一人,真寂寞得要死啊!我听鸟叫,听树叶响,对着自己影子说话。……我还是向往一处清幽的房子,把你我安置在里边,能够过一些和平的日子就好了,免得象只顺水的船,只是东奔西驰,以后飞倦了,也可以有一个归宿。我劳碌半生,没得过一天安乐日子,心里更没有安静过一日,人间苦,莫甚于此!终日熙熙攘攘,身心俱瘁,老来万事皆空!

"一日昼寝,醒闻鸡啼,庭阴转午,安静和平,尘虑顿消,以为不易得之境界。想起陶渊明的'问君何能尔,心远地自偏',诚然,臣门如市,臣心如水,就是这个意思。你还记得我的旧诗吗:'闭门自有闲中趣,一任春城处处花',我近来心情更老了,梦中仿佛已是一个白发的老妪。近日读佛经,似有心得,而不能道出,似幽兰香,萦绕心头,在有无间。我问你,权当一个笑话,如将来我真出了家,离开你入了山,你怎么安排自己呢?怎么能够叫我放心去了呢?可笑处这问法就不行,我是去不成的居多了。"

这样的信,在她自己何尝不知道是些痴话,然而,她却由于说了这些话而得到了安慰,仿佛真有这么一个"将来"摆在眼前似的,至于孟坚之不能因为她的催促而回来，她心里也很明白，但只要一提起笔来，就不能自己地只写着要他马上回来的话。而这也就是为甚么孟坚以后的来信很容易说了些不明不白的话，而被检信人认为"思想不正"，且将予以警告的原因了。

　　她在给他的信里把日常生活写得很详细，孩子的一举一动，譬如孩子甚么时候会笑，甚么时候生牙，甚么时候会说话，孩子喜欢看小鸟，看羊群，看白云，看树叶，一切细节，也都写了，甚至连她的梦也写给他，她说她梦见住在乡下的爸爸，虽然在战争以前她第一次见到他，但在梦里却非常亲热，而爸爸的一头白发，满脸皱纹，使她醒来犹自难过；她又说她梦在北平，觉得城无限大，她在那城里走来走去，竟迷了路，简直是彷徨歧途，十分悲哀，并想，不料在这城中竟连一个朋友也找不到，真是凄凉之至。她把甚么都告诉了，就是不曾告诉他一件顶要紧的事情，那就是她在女子师范学校教书的工作，他所知道的，只是她们在家里为人家工厂中缝缝袜头罢了，她知道他是绝不赞成她在敌伪统治之下从事这种教育工作的，假如告诉了，就怕又惹他来信发一些不明不白的议论。但是，假如可能，她是多么愿意让他知道啊，她愿意他知道，她在这里教书并不是一个奴才，而她所教导的一般青年人更不是一帮奴才，在这些青年人身上她看见了希望，也正如年青学生们把她当做黑暗中的灯火，当做一个希望一样。她每每自己暗想：你说一定让我走开，不让我留在这里，更不让我在这种情势之下出来工作，你是错了，因为你还不知道这种工作的意义，你还不知道我在这些青年人的生命中发生了甚么力量，我留在这里，我努力工作，若说我是为了这些青年人，那也是可以的。她还清清楚楚记得一个学生的周记

中曾说:

"我们黄老师真是一个了不起的人物啊,她在说话之前叫一声同学们,我们的心就感到了温暖,感到了鼓舞,仿佛这召唤是来自一种很强的力量。她讲书的时候能使我们每个人的心都震动,她能使我们猜透她话里的话,她能使我们体会到弦外之音,她甚至在不言中已经暗示了我们一种生活的道路,我们历来不曾遇到过这样好的老师,尤其是……以来。我们也知道黄老师是有抱负的,我们很担心,将来她若是……因为在那边……"

而每次她到校上课的时候,就连那些不直接听她讲课的学生,尤其是低年级的孩子之默默地向她注视,并切切私语,说"黄老师来啦",在在都使她意识到了一种可爱的力量。

五

　　那个卖油条的老头刚刚去后不久，前院毛老太太就匆匆忙忙地进来了，她拉住姥姥，把嘴唇凑到姥姥的耳朵上，切切地说道：

　　"日本人现在正挨户检查，一会儿就要到咱们门上来了，请准备一下，收拾一下，书啦，信啦的，更其要留心。"

　　她一面说着，一面用怀疑的眼光看一看梦华和李嫂。说完了，马上就转回头去，显出了很不安的样子。但行至门前，却又转了回来，特意对着梦华说道：

　　"大姐，你可曾去看过庄荷卿？听说他已经到青岛去了，是为了一个女孩子去的，他从郧阳回来也就是为了这个女的，他到如今还不曾结婚哩。"

　　她笑一笑就走开，也不等梦华的回答。

　　敌人要来搜查，她们是早已知道的，但经过毛老太太这么来一说，她们却感到了一种难言的不快，说什么书啦信的，这明明是指着孟坚而说的,她知道雷孟坚曾经存在这里很多的书籍,又知道他曾来过很多信,从前虽也一再提到过,"要注意呀,要注意呀",但由于并无甚么事故,也就并不怎么担心,今次明明是由于游击队的攻城,事态显得特别严重了,大概惟恐怕受了连累,所以才来嘱咐一番。姥姥听了她那一番话,连她的背影也不睬一下,只是沉着脸,又到佛堂里去祷告起来,那个在屋顶上哇啦哇啦叫了一阵的乌鸦,此刻虽早已不知飞到甚么地方,然而姥姥的心里却曾经留下了恶心的感觉,而毛老太太那一番话和那乌鸦的呼叫是同样的令人想到了不祥的事物。

梦华此刻的感情是既复杂而又凌乱的。第一,她惊讶于那个庄荷卿之为了追求一个女孩子而居然从后方跑了回来,她忽然想起了洪太太的话,"男人们都是逢场作戏的",然而庄荷卿却不是逢场作戏,实际上却是"赴汤蹈火而不辞"。她很想知道庄荷卿的故事,不过她对于这个男女问题却有了另一面的了悟:为了恋爱,那是什么都不怕的,她想庄荷卿就不曾想到国家民族,自由与屈辱,他一定把这些大问题丢却开了,连生命的危险也丢开了,然而如果是结了婚的人,如果是生了孩子的人,那就完全不同,任你千呼万唤,说长道短,他总不会理你这一套。可是她心里却也明白,她虽然希望孟坚能从后方回来,但此刻对他却又有了一种崇高的感情,她心里想:"他这个人实在执拗得可爱。"至于"逢场作戏",那只是她在洪太太面前随便应和的话,她也绝对相信孟坚不是那种逢场作戏的人。她实在还是很能体谅他的。至于他存在家里的书籍,尽管某些特别书物是已经被埋葬了,被焚弃了,但只要是可留的,她都一概保留得好好的,意思是等将来他还可以应用,而由于他们在泰安被毁的那些东西，也使她更爱惜了存在这里的这一部分。此刻她很快地就能想得出，甚么箱子里放着甚么书，书的种种形式，封面的各种颜色，那些特别惹人注目的书名，她预料到，如果日本人仔细检查起来，哪几本是可能有问题的，她想起从前有人因为一本《红楼梦》而被认为有赤化嫌疑，结果就受了多少非人的刑罚，人虽被救出来，却终于成了残废。但是此刻，她虽然知道这是一次最严重的检查，她却不愿意去动那些书籍，连放在她枕下的信件都不愿去移动一下，她只是用了她的冷静来作为保证，以免姥姥和李嫂心里慌张，如果她们稍稍有点慌张失措的样子，那就要引起疑惑。当敌人最初进入这座城市以后，不久就开始了一次搜查，而且往往在半夜中突然而来，只那紧急的叩门声就够吓人的了，有的人家吓得穿不上衣服，开门开得有点迟缓，等鬼子们把门打烂了闯进来，看见那种慌悚的样子，不问黑白，马上就是一枪。那时候有些小胆的人家简直不敢脱了衣服睡觉，每夜提心吊胆，只等待来检查时好应付得从容不迫。梦华此刻所最担心的就是李嫂了，她最爱多嘴多舌，又最爱躲躲藏藏，就仿佛她身上担了多大的关系。桓弟已经到公司去了，临行时姥姥还一再嘱咐，无事不可老往家跑，应当按日按时地在公司作事，免得人家怀疑甚么的。现在留在家里的是三个女人和一个孩子，梦华本来是要到学校去的，好在上半天没有她的功课，她决定留在家里应付这一次检查。她又特别嘱咐了姥姥和李嫂：

"他们不问，不必多说，他们问，我来答，你们最好少说话。他们若问到孩子的爸爸，就照旧说是在天津作买卖，要前后一致，千万别弄出错来。"

其次她考虑到她自己的问题了。从前在调查户口的时候，她自然是被登记上了,她的身份是:"女儿,带着孩子住娘家",本来这也是很容易发生问题的,至于她从前受过高等教育,作过中学教员,那是一字也不曾提起,因为敌人最注意的也就是这类人,他们一旦知道了你的底细,恐怕要三日一查,五日一问,明访,暗探,那将不得安生。但现在不同了,现在她是敌伪势力下的一个学校的教员,她是不是应当特别声明一下呢?她的这一个身份对于搜查访探之类是很有帮助的,因为你既已给敌人作事,敌人就认为你是"投降"了,他们将恭维你一番,说你是"大大的好人",说你是"日支亲善"的努力者,说你对于"东亚新秩序"有功,既然如此,你一家人都可相安无事,但也难免添出不少的麻烦,他们会常常来和你"亲善",他们将时时来找你谈谈,甚至送你很多东西,叫你不知如何应付,这样的事也听说发生过很多次了。她心里别扭得很,她想起孟坚的来信,暗示她不应该出来作事,这确是对的,但同时学校中那些可爱的女孩子的面孔却立刻又浮现在眼前,在屈辱中求得心安,在死亡中吹一点生的气息,这比较在一个自由天地中大喊其自由解放困难得多了,于是,她又想到,那个人尽管来信暗示那么些很好听的道理,实际那也等于一些风凉话,他哪里体会得到自己的困难。最后的决定是尽可能的不表示她的身份,就如为了避免向敌兵敬礼而宁可绕一段远路,却绝不肯经过那个敌人的岗位一样。

"我应当把孩子抱在怀里,表明我已是一个母亲。"她忽然想道。

当她把孩子叫醒——她还很担心日本人来了会突然把孩子惊醒,所以也应当预先把孩子唤醒起来——给孩子梳洗了,穿好了衣服,从自己房间里领了出来时,就已经听到重大的皮鞋踏在阶沿上的声音,还有锵锵的刀环的声音。搜查的已经从前院到后院来了。

姥姥从佛堂前站起来，李嫂急忙走到厨房去，她是最怕见日本人的。

前院的毛老太太在尽她的房主人的责任，她把搜查的人们引进来，就急忙退了出去，她脸上毫无表情，其实那无表情却也正是她的特殊表情。

进来的搜查队一共六人，四个日本人，全副武装，两个拿长枪的，枪上都亮着刺刀，两个拿手枪的，手指都扣在枪机上，此外还有一个中国翻译，一个中国警察。

姥姥同梦华，顷刻之间虽也有点不安，但看了那个警察是本街上的熟人，——他同桓弟在小学时代本是同学，且一直维持着一种很好的友谊，不过近些年来由于各人为生活奔忙，平日很少见面罢了，这次由他领导搜查，且由于他在眉目间一点暗示，使他们安心了不少，就是躲到厨房去的李嫂，也居然由于这个警察的出现而敢于站出厨房门口，用比较舒展的神气在望着他们的行动。

姥姥手里数着念珠，低眉敛手地站在一边，嘴里还在低低地念着佛号，而佛堂前犹有香烟缭绕。

这景象正是一个显明的对照：一面是剑戟森森，一面是和蔼慈祥，而梦华却感到了从所未有的一种高傲，她自己也不知道这一时的高傲是怎么来的，她感到这是一个严肃的时辰，她觉得她自己比平日更刚强，更不可屈，游击队进城的一幕景象又在她想象中重现了一下，尤其是那鲜明的旗子，她曾经抱了孩子同弟弟一块儿在高处望见过的，此刻那旗子又在她心里招展了一下。她紧紧地抱住孩子，惟恐孩子害怕，因为这样逼近的对着武器，在她和孩子都是第一次。孩子非常乖，不出声，只默默地看着他眼前的一切。

检查队中的几个日本人，却使梦华想起了学校中的两个教官，一个田中，一个犬养，尤其是犬养，二十几岁人，凸字形的脸，头发低压着前额，眉毛生得本来连在一起，又终日锁着眉头，两条眉简直成了一条黑线，两只八字脚，穿一双不大合脚的大皮鞋，走起路来一摆一摆的，鬼祟，小气，乖张，暴戾。她平素在学校里就非常讨厌这个犬养，他本来不是教育界出身，简直可以说完全是一个粗野的大兵，他曾经误认厨工偷面而几乎把一个厨工打死，结果却送了那个厨工十盒香烟算作挨打的报酬。他在办公室里用"唉唉唉"招呼每个中国教员，招之使来，挥之使去，一点也没有礼貌，逼着学校把中国全图上的东三省改变了颜色才准悬挂的也是他；而他对于女孩子的那种馋涎欲滴的样子，更使人不能忍耐。面前四个日本人之中的一个，简直和犬养完全一样，难道他今天真的参加了搜查队，故意来同我找麻烦的吗？梦华心里居然这样疑惑起来。

搜查开始了，各个房间，各个角落，甚至床下，衣柜中，连厨房里也去看了，这目的是很显然的，是在找人，看有没有游击队什么的藏在家里。然后才按着户口册子一个个问过去，其实不等问，那个中国警察已经一一地报告了，他先报告了桓弟的职业，说他此刻不在家，到××公司办公去了，家里留下的都是女人孩子，而女人们都是敬信菩萨的，又说这一家人在这条街上已经住过几十年了，都是安分守己的良民，他一面说着，那个翻译就随口翻给日本人听。这是最令人担心的一顷刻。因为这些做翻译的大都是些丧尽了良心的刽子手，多少人的生命财产，都葬送在这些人的几句话上，他们翻译得好，便可以安全无事，他们翻译得坏，便是大祸临头，为了要显出他们的权势，并为了换得他们的穷奢极欲，他们都可以翻云覆雨，颠倒黑白。等他伊利哇啦地翻译过之后，而那几个日本人居然作出了一种可怕的微笑，并说着生硬的中国话，"好的，好的，大大地好的"，于是连梦华的身份也不问，当然也就不问及孩子的爸爸究竟何在，或作什么事业，却出乎意料之外的，他们——四个日本人临去之前竟然一齐跑到了佛堂面前，诚诚恳恳地磕起头来，而且那种一叩下去便好象要永久不再起来的情形，令人看了，觉得哭笑不得，这真惹得抱在怀里的孩子大为惊异了一番。

"对不起。"那个和犬养相似的日本人居然于临去时说了这么一句，从这声音上，梦华才觉得这个人比犬养"和善"些，因为犬养的声音是比较凶残的那一种。而另一个日本人还于行过梦华时向小孩子看了两眼，送了一次惨笑，结果他是自讨无趣，孩子这时才真的害怕起来，而且哇地一声哭了。她们以沉默的眼光送他们走去，那个中国警察还特意回过脸来作一次告别的示意。

橐橐的脚步声渐渐消失了，而孩子的哭声却更其洪大起来，仿佛他早就应该哭，是因为日本人在这里才不曾哭，此刻日本人去了，于是就非哭个痛快不可似的，显得无限的冤枉。姥姥笑着，把孩子领过去，用白色的大手帕给他揩着涕泪，说道：

"阿弥陀佛，总算又过了一道关口！"

而梦华不禁哈哈地大笑起来，她说：

"这些东西真是些奴才呀，他们还在拜佛呢，他们所拜的正是孟坚那几只大书箱！"

因为她们把书箱之类的东西，是一直藏在了佛堂后的大壁橱里。

姥姥听了，连忙用食指把她剐了一下，说道：

"作死！看你再乱说乱道！"

梦华却又爆发了一阵声音，然而这声音却分不清是哭是笑来了，而且她脸上已满了泪痕。正当敌兵来搜查时的那一份高傲，那一派矜持，此刻早已不复存在，她却也好象孩子一样，不知从哪里来了一肚子的委屈。结果弄得李嫂莫名其妙，呆立若木鸡。

梦华终于强自抑止了一下，一面用小手帕揩着眼睛，一面又强作出一阵哗笑。

她说：

"真把我笑坏了，我简直把那个鬼子当做了学校的犬养教官，再没有那么相像的。这些东西真能装模作样，一面提着屠刀，一面在佛前顶礼。前些天祀孔的时候，犬养才装得更可笑呢。"

她又想起了那天祀孔的情形。那天刚破晓她就起来了。她惟恐迟到，结果还是她到校最早。当时的街道还在模糊中。她一个人踽踽地前进着，在寂静中，只听见自己的脚步声。街上除了伫立着的警察，连个拉车的也没有。这时一阵辛酸涌上心头，仰看满天星斗，一钩残月，因想起西南天边的人，益觉得自己茫茫无告，念道："我这是去干甚么呢？"到学校里遇到很多自己班上的学生，她们都殷勤招呼，在这亲切的低低的招呼声中，就互相印证了一种心情，一种无可如何，一种说不出的悲惨。其中有一个学生一面看着手表，一面悄悄地说道："黑暗过去了，光明就会到来的，时候已经不早了。"大家听了，相视而笑。而有的人又向东天张望一下，说道："东方发白，太阳还得等些时才能出来呢。"不多时，集合起队伍出发了，校长，石川，田中，犬养，所有的先生学生，都参加了，而那个犬养装得最神气，到大成殿行礼的时候，他穿了军服三拜九叩，当时梦华看了几乎要笑出来，但一种更强烈的感觉抑止了她的笑，那就是一种极深的厌恶之感,看看高高在上的孔子,他威严而又和蔼,他面前是鲜血淋漓的牛羊猪三牲,而伏在地下的是被宰制的中国人与宰制中国人的日本人,庭燎照耀,香烟弥漫,叫人不能说明这是一种什么境界。她此刻回想起来,还觉得恶心。她对姥姥说:

"真是岂有此理,仿佛孔二先生是他们日本人的,却强迫着我们来尊奉。他们不但要祀孔,听说还要祀姜太公,岳武穆,关云长,你看,连岳武穆他们也会尊奉起来,那才真是怪事!"

姥姥不懂她的意思,却用一支歌子在逗着孩子,姥姥悄悄地唱道:

　　日本鬼,
　　喝凉粉,
　　打了罐,
　　赔了本。

她一面低低地唱着,一面把孩子摇着,孩子含着泪笑了起来。姥姥问:

"宝宝,姥姥可唱得好?"

"好。"孩子说。

"看见鬼子可敢唱?"

"不敢,怕。"孩子摇摇手,学着大人的样子。

"鬼子给糖你吃,要不要?"

"不要,苦!"

"鬼子给照像怎么办?"

"跑。"

对答如流，姥姥非常满意。姥姥说鬼子的糖里有毒，他给了，不吃他的，要吃，姥姥自己给宝宝买。照像，更可怕，照了你的像，就收去了你的魂，他们把孩子的灵魂送到东京去，叫我们招也无处可招唤。

梦华听了姥姥同孩子的问答，——她说这是姥姥给孩子上课——不说甚么，对孩子笑笑，长叹一声，急忙回到自己的房间。

六

　　游击队攻城以后，学校里并没有象她所预料的关门停课，或者一团混乱。出乎意料地，却是异常平静。在不平静的心里，看那平静的现象，总觉得那平静仿佛是不应该的。她在学校里感到了一种新的寂寞，一种新的荒凉，不但那些孩子们的脸色显得太岑寂，就连鸟叫的声音，院子里花草的颜色，也好象带了一种特殊情调，就如一个人在梦里所见的一样。

　　但是，更出乎她的意料，一件与她本人有密切关系的事情，却接着发生了。

　　这已是一周以前的事：二年级的级任兼历史教员吴先生忽然不见了，吴先生究竟发生了什么变故，至今没有人确切知道。据暗中传说，是因为他有一天在教室里关起门窗来和学生谈话。他曾经对学生们沉痛地说："同学们，只要心不死，中国终有救，我受鬼子们的气真受够了。等着吧，同学们，那一天终会来到的，我已是六十多岁的人了，难道我还怕死吗？……"他的话刚刚说完，一个女孩子忽然站了起来，喊道："老师，我十八岁，我更不怕死！"言下涕泪横流，弄得大家要哭起来，整个教室里都充满了哭的声音。后来这事情被日本人的特务报告了，——有人说那作特务的就是一个学生，她高小尚未毕业，就硬被选入了后期师范，功课非常坏，人却极可怕。这事情发生以后，这一班的级任就一直空着，石川教官因见这一班学生比较难管，就想自告奋勇来担任这一班的级任。

石川是一个五十多岁的老处女。她在东三省住过多年，但是一直不会说中国话，她无论教书，谈话，都必须有人作翻译。这人十分严峻，黄黄的瘦而且长的脸上，敷了一层白粉，更令人有霜雪寒冷之感。但是据她自己说，她最重感情，她待人最热诚，她确是一向不同意犬养的作风的，因为那太幼稚，太容易惹人反感，自然，她的手段是最老辣最熟练了。她到校的第一天就发表了一次讲演，讲演的大意是：

"中国与日本原是兄弟之邦，在民族的发生，文化之起源上，都有很多相同之点。在地理关系上，更是相依为命。日本不忍坐视中国灭亡，所以不避艰险地来拯救中国。中国过去本是有一段光荣历史的，其所以弄到今日之情形者，是因为中国已经失去了她的国魂。中国应当去招回她的国魂，而中国的国魂就是仁义道德，就是孝悌忠信，礼义廉耻。共产党是反对仁义道德的，所以共产党是灭亡中国的乱党。中国人不要听共产党的邪说以免自取灭亡。中国人更应当知道，中国人和日本人同是东洋人，中日两大国就应当团结一个东洋团体，来抵抗西洋人的侵略，来保持我们东亚的和平。我同情中国已非一日，我很爱中国，很喜欢中国人。有一年我在巴黎，同几个朋友去逛一个名胜地方，朋友中有一个是中国人。我们要过一道长桥去看一个美丽的瀑布，不料那桥上却写得明白：不准中国人和狗通过。假如大家要过桥，就必须把那位中国朋友留在这边，那情形实在令人很难为情。我当下却非常感动，非常悲愤，因想我们同是东洋人，他只准日本人过去是因为什么？我不忍过去，我陪了那中国朋友不欢而归。小事是如此，大事也是如此。我们不但在小地方帮助中国，我们还想帮助中国收复失地，如安南，缅甸等地，总有一日会帮助中国收复回来的。总之，中日要共存共荣，携手并进。"

她把这番话讲完了，不管听讲人作何感想，她自己却感动得好象要哭出来的样子。她住在学校里，校方特为她备了三间高敞明朗的宿舍，一切都是新的，新刷的墙壁，新置的家具，沙发，靠椅，写字台，钢丝床，应有尽有，这比较中国教员的一几一凳三块床板真是天渊之别。而且学校里特为她雇用一个仆人，终日给她煮红茶，温牛奶，传达一切，呼唤一切。

她看一般女教员大半都是用"敬而远之"的态度对待她，她说这是不对的，个人与个人之间尚且不能亲善，两个国家又如何能亲善呢？所以她请一个教日文的先生传达了意思，特别请女先生们去喝红茶，吃咖啡。大家言语既不相通，在这种场合又似乎无须翻译，于是宾主对坐，相视无言。但在她个人，却觉得这样大可以增进大家的情感。她打听得学生最钦佩的教员，她会特备了精致的茶点将你单独地请了去——梦华就是曾经被请的一个——说是知道你教育成绩优良，应当表示一点慰劳的意思。而实际上她是在窥察这个教员的言语思想，并探询学生们平日的行为，所以身受者一方面既须表示"受宠若惊",而另一方面则须语必三思,以免贾祸。

当教员们吃膳团的饭吃得腻了,正在那里抱怨厨工越做越坏的时候,每个桌上会忽然发现一大条红烧鱼,一大钵黄焖鸡,或者一大盘冰糖肘子之类的,大家惊喜欢呼,问明之后,才知道是石川"添菜"给大家吃的。在夏天,先生们在最热的下午来上课,往往有冰淇淋或汽水可吃,也是石川送的。在大扫除之后,工人们正在用了沾满灰土的手在揩满脸汗水的时候,会领得一包包的"红锡包"去,这也是石川的赏赐。学生家中有买不到面粉的,只要求石川就行,她可以告诉特务机关,可以给你开条子,你就可以有得面吃了。

她是这样一个狐狸精,她要来担任二年级的级任,这当然无话可说。

然而,二年级的学生不要她。她们说要请黄梦华先生担任,而且提出三项理由:

一、黄老师担任我们的国文,每天都有同我们见面的机会,这在先生的指导管理与同学们的请教与询问方面都极方便。

二、黄老师最为全班同学所钦佩,作本班的级任最相宜,这一点校长也早该知道。

三、石川先生不能说中国话,终觉有些隔阂,假如作本班的级任,恐怕事倍而功半。

她们向校长提出以上的请求,却把那位老校长先生难倒了,他搔着他光光的大脑袋,沉默了有一刻钟的工夫,终于说道:

"好的,我答应你们,以石川先生为正级任,以黄老师为副级任,两人共同负责,互相帮忙。"

学生们也了解校长的用心,不过是以石川为名,而请黄老师负其实责,于是也就认为相当满意,不再有什么异议了。

今天,梦华刚到学校,校长室的工友便把她请去了,当时她心里一惊。什么事情呢?难道有什么问题发生了吗?她所最担心的是由日本人那边转过来的警告,或者是因为近来她偶尔不能按时到校的缘故?她绝没有想到老校长一见她就满脸含笑,带出了十分恭敬的样子,这却更使她莫名其妙了。

这位老校长在军阀时代就曾经作过中学校长,——雷孟坚就是曾经在那个学校里读过书的,他原来是孟坚的老师,虽然孟坚并不曾听他的课,但由于一次重大的事件,他对孟坚还保留着极其深刻的印象。——一九二七年以后他随着反动势力同时被打了下去,现在却又跟着日本人爬了上来。头脑顽固,处事油滑,他从前如此,现在也仍是如此,若只以他本人的天性而论,却不能说他是怎样的一个坏人。他生得很魁梧,大头大脸,面孔黝黑,两片嘴唇上有一种天生的红白斑痕,就象女人们用脂粉乱涂了一阵而终于未曾涂匀似的,又因为他善于言谈,甚么事情都可以说得天花乱坠,所以曾有"花嘴唇"一个诨号。如今,他老了,由于那圆大的头顶已经秃得没有几根头发,那黝黑的面孔就更显得黝黑,只有那两片嘴唇却依然如故,而且他那每讲一段话便喜欢舔舔嘴唇的习惯也并未改变。他把梦华让在一把很高大的椅子上坐下,椅子太大了,这使梦华感到极不舒服。他的第一句问话是雷孟坚有没有信来,并说写信的时候要替他问候。她只好含混回答,并道了谢意。他这人在表面上过分周到,他的周到简直令人摸不着边际,一如一个身体矮小的人坐在一把太大的椅子里一样,弄得人自觉渺小,且手足无措起来。他委曲婉转地说明了他的意思,说二年级的级任非由她担任不可。而石川又必须挂一个正级任的名义，他把人恭维到天上，从天上突然落下来，于是那被恭维的人就恰好落到他的圈套里。最后又总是用了"我不入地狱，谁入地狱"作为结束，这乃是他最喜欢用的口头语。他在日本人面前当然还是"日支亲善"、"共存共荣"那一套，而在另一些人面前就完全不同了，他常常用了低切的声音，舔着他的花嘴唇说道："我们之所以出来办教育，第一是为了保护青年，不让青年人吃亏，其次才是教导青年。这时代太困难了，但是，我不入地狱，谁入地狱！"梦华想说话，简直找不到说话机会，她想说明自己的困难，说自己不堪胜任，而终于不可能。问题就这样解决了，校长说马上就出牌告。

她从校长办公室里退出来，心里着实感到了不愉快，明明是一件最难担当的责任，自己却不能摆脱；明明是一个最难处的人——石川，却又叫她碰上了。她只希望学生们能用了平素对她的信仰来体谅她，使她不致遇到最大的难题。然而一切事情总是往往向自己心愿相反的方向发展。学校的牌告刚刚挂出去，——那是用溶化了的白粉写在一块小黑板上的，"石川先生为正级任"一句话便被人抹掉了，办公室第二次把抹掉的又添上，隔了很短的时间又被抹掉了，而其它的文字，"黄梦华先生为副级任"等，则完好如故。校长认为这一班学生实在没有理由再这么做，以为这是故意给学校增加困难，大为震怒。于是第二次又把梦华请了过去。这次情形就不同了，他说，最清楚这一班的莫过于梦华，希望她能够帮助学校调查出那个涂抹牌告的学生，不然大家都不方便，全班学生一定要吃大亏。"保护青年"，她立时想起了校长所常说的这句话。这真把她难倒了，但这不是她退后的时候，她这时候又不能自已地坚强了起来，她又突然地感到了她那份高傲,她没有说甚么,在严肃感觉中从校长办公室里退了出来。

找出这个学生!这到底是谁呢?她一路走着,一面沉思,多少熟悉的,特殊的面孔在她的想象中摇晃。

第一个映在她想象中的是张文芳。她性情和平,最稳健,最老练,功课样样都好,而又高出侪辈多多。据说入学试验的榜上她是第一名,以后在班上也永远考第一。她待人接物都能恰到好处,有多少人向她请教功课,她总谦逊而恳切的帮助别人,因此"好好先生"或"好姐姐"的美名传呼在同班中。别的班里考第一的人多半是埋头伏案,缺乏运动,她却不然,她也喜欢运动,她常常打网球,也时常嘻嘻笑笑,蹦蹦跳跳的,可是无论如何,她脸上总罩着一层不可除的阴郁,哪怕是在微笑时也还是一样。听说她的境遇很苦,每天下课,还要跑几里路去教一个家馆,一面供给自己的学费,一面维持老母弱弟的用度,那么她的艰苦和忧郁也就是当然的了。她头脑冷静而清楚,表面上不动声色,但思想中极有分寸。只以她的平日作文而论,她觉得这个学生实在有为而可爱,而校长也就曾嘱咐过,说要注意她的文字,要纠正她的思想。她将怎样去纠正她呢?相反地,她倒是从这个学生的生活和文字中得到了不少的力量。她相信那个抹牌告的绝对不是她。

第二个她想起了刘蕙。娇小的身体,整洁的衣屦,浅蓝上衣,黑裙子,白鞋白袜,任何时候都是不染纤尘的样子。那衣屦熨贴合适,恰恰于她相称。圆圆的脸儿,总是笑靥迎人,安详,和悦,是一个顶温柔的女孩子。她从小失去了母亲,在后母手里抚养成人,她在她后母所生的一群弟弟妹妹中是大姐姐,因此她年青青的便象一个小小的母亲。她功课处理得也很好，她不急不躁，一切事都井井有条。而对于图画、劳作又特别擅长，中画西画，人物，花卉，都画得很精妙。在班上遇着不耐烦的功课，她会用简单的几笔画出那个教员的面貌。而同学纪念册中更常见她替人画的肖像，总能令人赞叹满意。至于手帕的角上绣一点精细的花草，贺年片或书签上作一点图案，都能玲珑有致。她对人和蔼可亲，人家乐意求她，她更乐意帮忙。她的头脑也很清楚，且怀有极大的抱负，她和张文芳是好朋友，但表面上并不亲密，只是在思想上有一种极坚强的联系。要疑惑那个抹牌告的是她，那同疑惑张文芳是同样地不近情理。

第三个她想起了何曼丽。她是一个虔诚的基督教徒。圆脸，圆眼睛，短发抚额，象个洋娃娃。她家境富裕，用钱不加限制，因此造成她的侠义行为，同学没有钱用的，她送钱，没有书用的，她送书，而且帮助了别人以后从不记在心上，等人家要还时，她却早已忘记了。她功课平平，在七十分以上，列在乙等。她并不是不聪明，只是不肯下苦功，乙等就可以了，反正不是班上的尾巴，何必一定争在前边呢，她心里这么想。她喜欢装饰，爱华丽。下了班躺在寝室里看小说，吃巧克力糖，嗑瓜子，大口地咬烟台梨。看见有发愁的或陷在寂寞中的同学，她会一咕噜从床上爬起来，蹲在叠好的被上，说道："来，干么愁眉苦脸的，咱们一起唱歌吧！"她早已两手打着拍子，领着唱起圣歌来了。她每晚领了她的同屋做祷告，一个个虔诚地跪伏在床边，每个人低声地说出了她的心愿，不是别的，而是为中国求最后胜利，为阵亡将士祝祷。她们的声音虽小到不可听辨，然而那洪亮的心声却是可以叫开天国之门的。就寝铃响后，电灯熄了，月亮从窗外透进来，照见她满脸的泪痕。她刚毅乐观，她说目前的苦难只是一种试验,不要失望悲观,最后胜利当然是我们的。天父与我们一种试验,并不是对我们失掉了慈爱,乃是看看我们的忍耐与作为。我们要感谢主赐我们力量,使我们毫不畏缩,对抗战有绝对的信心,更感谢我主赐我们以抚爱与指引,使我们安慰,有所皈依而不致彷徨。我们在天的父,谁是谁非,是看得清清楚楚的。他不能老看着狂暴者得意横行,乱世的魔鬼不久就会灭亡。她对同学们解释经义,她对于新旧约非常熟悉。她又介绍同学们入教,使她们得到安慰与皈依。她表面上看起来汲汲遑遑,可是她有她的收获与欢喜。这样一个女孩子,是不会有甚么鲁莽的举动的。

她连续想起很多人,一个个数过去。"不是,不是。"她一面走着几乎自己摇起头来。最后她想起了胡倩。

胡倩是一个多血质的青年,活泼,乐观,闲了就嗑瓜子,吹笛子,高声唱:"伊人呀,你还不回来呀？"她聪明,长于数学,三角几何的难题到她手下都可迎刃而解。她又喜欢网球和篮球,是运动场上的健将。她有丰满的面庞,大而明朗的眼睛,短短的头发,看起来倒象个男孩子。她胸无城府,开门见山,爱之欲其生,恶之欲其死,几间不容发。有所触动,不是用拳头捶击她的桌面,就是伏在案上大哭,泪落如雨,但是你不能问她为什么,那是怎么也问不出来的。等到雨过天晴了,却又大笑大闹,象个三岁小孩。这班上最爱挑剔教员毛病的是她,因此颇不为先生们所喜。又因为好恶无常,感情忽冷忽热,在同学中也没有很好的人缘。然而梦华却颇喜欢她的天真。

一定是胡倩。只有胡倩才可以作出这样的事。

"如果确是她,那就很好办,我可以用几句话激动她,使她坦白地承认。"她暗自笑了一下，很奇怪为甚么想了那么久却不曾先想到胡倩身上。

但她又非常担心，她想这事必须十分秘密，千万不可使日本人知道，若使石川知道了，发了她那老处女的脾气，认为这是"抗日"，这问题就将严重而扩大。她想起外县一个中学的惨案。那不过是因为有一个学生在篮球架上用粉笔写了"西线无战事"几个字，本是说赛球的情势的，敌人认为那也是"乱党"所为，于是把全体师生解往省城，虽然询问不得要领，但多少英气勃勃的青年都在酷刑之下惨死了。而且，那是用的什么酷刑啊，她几时想起来便不能自己地感到震栗：敌人用馒头蘸了煤油，象填鸭子似地向人们口里填，填满了，又直着脖子用煤油灌，把肚子灌得和鼓一样，然后放倒在地下，鬼子们就站在肚子上用大皮靴踩，那灌进去的煤油就又从口里甚至从肛门里溢了出来，这样有的就死去了，有的却又苏醒了过来，苏醒了过来的又须受第二次以及第三次的同样刑罚。虽然用了这样的酷刑，可是并未问出一句口供。敌人无可如何，就把一个教员的老父亲捉了来，倒吊在树上用皮鞭抽，把个老父亲抽得血淋淋的，浑身露出鲜红的肌肉，那老父亲终于哀哀地喊道："儿呀，我实在受不了啦！"做儿子的再也不能忍耐，终于画了押，这案子才算结束了。

她想到这里，口里只感到满是煤油的味道，又仿佛觉得那皮鞭就正打在自己身上。

第二天。

第一堂恰好是她的国文课。她低着头走进了教室，又用了沉着的声音点完了名。学生们正在翻弄书叶，准备找出上次未完的功课继续听讲时，她却把教本向案边一推，丝毫没有要讲书的意思。课室里立时静了下来，正仿佛风雨欲来的样子，学生们都在期待她的声音，象树叶在等待第一个雨滴。

"同学们！"

她开始说，并用右手的拇指与食指分开来推一下她的近视眼镜。

"在一个特殊的环境里，我们第一要先认识这个环境，然后再揆度自己的行为，切不可只凭一时的情感，而轻举妄动。幼稚的举动，不足有为，反足以招辱。石川先生作你们的正级任，这理由校长已对你们说过，无须我再重述。校长对于你们的要求，只要认为是合理的，都可尽量采纳，你们要求的结果，已经认为满意了，为甚么昨天会发生那样的事情，难道你们又变了卦吗？别人看起来，好象你们是受了甚么人的唆使。但是大家要知道，我前前后后已经教过四五年书，感谢同学们给我的鼓励，使我在功课上不致发生困难，而同学们对我的感情也就发生在这里。我是一个教书的人，除此以外，我不知其他，若是利用学生，视学生为工具，以巩固自己的地位，那太卑鄙，也太可怜，那是教育界的败类，我不屑为，合则留，不合则去，宁为玉碎，不为瓦全……"

她说到这里，正要稍稍停一下然后再说下去，第八张教桌上有一个人忽然站起来，果然不错，可不正是胡倩！她眼里含着泪挺胸昂首地说：

"老师，是我，是我一时糊涂，我甚么也没有想到，就用这条手帕这样一抹，把那几个白粉字抹掉了！"

她一面说着，一面从衣袋里掏出一块大红手帕抖给梦华看，而她已经哭得象个娃娃似的了。她一面哭着，一面又说：

"我要到校长那里去说，说没有人唆使我，是我自己做的。"

她这一句话使全班都为之一惊，有的人笑了出来，但大多数都一下子皱起了眉头，而且气得扭一下身子。刘蕙深深地垂下了头，好象已经在流泪。张文芳满脸阴云，表现出懊恼与惋惜，好象在说："你这是干甚么呀！"而何曼丽她们就带了一种鄙夷的神气，好象在说："我早就知道是你这个毛张飞！"

下课以后，胡倩去见校长，陪她去的是班长张文芳。胡倩见了校长说：

"校长，是我一时糊涂做错了，千万不要疑惑我们黄老师！"

说完了又呜呜地哭起来，这真把张文芳急坏了。她叹一口气，跺一下脚，心里埋怨道："你这个人，你说得多幼稚，多鲁莽，为甚么糊糊涂涂地作了，还要糊糊涂涂地说，而且还哭成这个样子！"

校长听了，先是沉默了一下，然后舔一舔他那花嘴唇说道：

"胡倩，你好不明白，你黄老师的人格学问我是知道的，莫说我怀疑她，我连想也没有这么想啊，今天对你没有话说，两言而决：你若真以为自己做错了，与你以自新之路，若是你稍有不服，你只好自退。你想：你这样对吗？我又不是没答应你们的要求，仍以你们黄老师为你们的级任，实际上以谁为主，你们还不明白吗？"

他说到这里，故意把声音放低了，而且用小心的眼光向窗外瞧了一下，又继续切切地说：

"你不想想，你这样做叫学校里多么为难啊。这事任何人都不敢让知道，若是走了消息，叫教官们知道了，认为这是抗日，那就麻烦啦，而且抗日也不是这个抗法呀！"他的声音更低了些，而且把腰也躬了下去，仿佛对地面说的，"你想想，你能把他们推出去吗？

写了擦去，就是没写吗？假如人家给你一封信，你撕掉了，就等于没给吗？你说你有多么幼稚！及等问题扩大了，结果你受了害，就连我也没有办法救你了。那时你对得起父母，还是对得起师长？你黄老师，她是负你们那班的责任的，你们平日爱戴她，然而这是爱她吗？这才真是害她呢！就为了你们黄老师，你也不应当这么做！"

他一直说完了，才把腰挺起来，又吁一口长气，表现得很疲劳。胡倩已经哭得不能说话，她用眼泪代替了回答。

她们从校长室里出来以后，不久梦华也到校长室去了。她向校长说明了事情的经过，并说胡倩是一个天真可爱的孩子，无论如何要保全她，校长自然也答应了。一场风波就如此结束，但梦华却不能自已地问道："这样一件事，难道教官会不知道？俗话说：没有不透风的墙，以后恐怕也要特别小心了。"

七

星期六晚上，桓弟也从公司里回来了。晚餐之后，李嫂收拾了饭桌，于是大家仍旧坐在各人的位子上谈起闲话来。梦华所说的大半是学校里的情形，桓弟就把公司的近事以及外面所见所闻的报告给她们。姥姥在逗着小孩，李嫂在一旁坐一个矮凳，一面听别人谈话，一面搓着麻线。

桓弟一面吃着暖水瓶的开水，一面讲话。他说近来公司里的面干脆没有老百姓吃的，从前是有面不能买，现在是根本没有面，不是没有，是完全被日本人运走了。又说，自从鬼子统制猪肉以来，老百姓简直买不到肉，偶然买到了，却是臭的。因为税重价高，手续麻烦，大家反倒觉得不如素食更好，结果，屠户们的肉反倒剩下了，有的把肉吊在井里冰着，有的用盐腌起来，有的就拿着臭肉当好肉出卖，反正有些馋人，不管香臭，只要是肉就买来吃。这说得大家都笑起来。又说，敌人近来正大兴土木，主要的是先修马路，要修得四通八达，把省城和外县织成一个交通网，这样不但运输方便，外县如来告急，可以朝发夕至，因为鬼子们只是占领了铁路线，稍偏僻的地方，我们的游击队活动得很厉害。据说鬼子占住县城，却只敢在县城里活动，很少敢离开城区，偶尔出来一次，如果离城十里，就很难得再活着回去。不要看他们在省城里耀武扬威，有时排了队在街上走，有时开了汽车在马路中急驰，看起来好象人很多，其实也没有多少人，这里有事便开往这里，那里有事便又开往那里。而且近来还传说一个顶好笑的故事：黄河堰那边，鬼子的兵车风驰电掣的开着，车上满是雄纠纠的"皇军"，他们戴着铁盔，荷着长枪，服装整齐，威风凛凛，但有一点却很奇怪，那些"皇军"却永远只是一个姿势，从来不回回头，也从来不伸伸手，他们站个甚么样子，就永远是甚么样子，呆呆地就好象些木头人似的。后来是从一个逃出来的木匠口里道破了这秘密。前些时鬼子曾在省城里大捉木匠，说是有很多木工需要他们去做，而且发给很高的工资，和很好的口粮。可是这些到河北做工的木匠一个也不曾回来，原来他们所做的就是木头兵，把这些木头兵装扮起来，钉在车上运来运去，以示威武，这秘密恐为木匠所泄露，于工作完毕之后就完全把他们残害了，逃了回来的那一个，也不过是千百人中的惟一的一个而已。日本人实在是计无所出了，他们开向外县去应援的军队，回来的时候虽然也还是那几辆兵车，可是站着的变成了躺着的，敞着的变成了盖着的，车上面虽然盖着，下面却沿路漏血水，车过去了，留下一路的臭气，而且象装运贼赃似的，鬼鬼祟祟，不敢让人瞧见，深更半夜才从车上搬运下来。最后他说：现在各处开辟马路，最苦的还是老百姓，田地划入马路，那是无可如何的事，假如房子也被划入，那不管你有甚么困难，说今天拆房子，你绝不敢等到明天。假如你还知趣，就赶快自动拆除，虽然你不得不暂时露宿，但砖瓦木材还是你的，如果稍有迟误，就连一草一芥也完全充公。听说南山下边有一个老寡妇守着惟一的一间房子过活，房子被划入了，那老妇人在自己门前，滚来滚去，哭声震天，不准拆房子，这真把鬼子气恼了，一个鬼子把开路工人打石头的铁锤抢过来，一下子就把那老妇人的脑袋打个粉碎。而修马路的工人呢，修着修着，竟连音信也没有了，原来是又把他们装上了火车，运到前线去运子弹，当炮灰去了。

他越说话越多，却把全家人说得好不难过，这些消息虽已听过不知多少，但每次听到，还不能不惊心动魄，姥姥听到最悲惨处，便不能自已地流起泪来，孩子虽然并不了然，但看了姥姥的神气早已不敢出声，只用小手替姥姥揩抹眼泪，梦华直是叹息，李嫂却一面捻着线，一面在口中作出啧啧的声音。

沉默。在沉默中灯光格外发白。她们的影子散乱地照在壁上，照在地上，影子也寂然不动。

梦华却忽然想起了另一件事，断了的谈话乃又得以继续。她在报告学校中为了二年级级任问题而发生的种种纠葛时，竟忘记了告诉：当校长请她去谈话的时候居然又问到孟坚的消息，而且还托她代为致意。桓弟就陡然把桌子一拍，说这种老奸巨滑的老东西甚么手段都会用，他以为这位老校长这样一再提及孟坚，至少有两种作用，一方面是说明他知道你们的底细，也就等于说，你要小心，不然是很容易出错的，一旦有事，你的丈夫也可以给你构成一个罪状；而另一方面呢，他是在对那在外流亡的人表示关切，他也明白敌人的统治不会长久，在外流亡的人是终于要回来的，虽然在名义上是他的学生,谁能保定孟坚回来以后是干甚么呢?他看得远,他想将来在这个学生身上讨一点便宜。经桓弟这样一说,梦华也才恍然大悟,她原来想的未免太单纯了。由于这一段话,他们的话题就又转到了孟坚身上。他们一有机会,总爱谈到他的,就象谈一个故事中的人物。

孩子感到不耐烦,用小手揉着眼睛,打了一个哈欠。桓弟看见了,就故意过来逗他。他把他高高地举在手里,问道:

"宝宝,你想爸爸不想?"

孩子说:"想。"

"在甚么地方想呢?"他又问。

孩子就用小手指一指自己的心口。

"你说爸爸甚么时候回来呀?"

孩子说:"明天。"

"明天一定回来吗?"

孩子却又说:"明年。"

于是他们又谈到了他的来信,谈到了那个姓庄的,谈到了路上的困难,以及种种危险,归结还是为甚么姓庄的能够回来,而他却不能回来。梦华就以似玩笑似恼怒的神气说:

"他呀,他当然是怕危险,他这个人生来就是这样小心的。不必说让他冒这么大的危险回来,就是他平日在街上走路,假如有一块石头挡在他面前,他既不肯大步跳过去,也不肯踏着石头迈过去,他怎么办呢,他就绕着石头转过去。"

这又惹得大家笑起来。桓弟一面笑着,一面再去取暖水瓶,却不料那满满的一瓶水早已叫他喝空了,他就用力把水瓶举向李嫂，喊道：

"火车头，上水！"

这颇使李嫂莫名其妙，等他笑哈哈地说明了，李嫂才知道是要她到厨房里去灌开水。而所谓"火车头"者，原来是指的雷孟坚，他是最能喝开水的，就象一个火车头一样，总得向锅炉里不断地加水。梦华就说，他临流亡之前，虽然有很多重要东西都不带，然而一个很大的暖水壶却非带不可。此外还有一本地图。姥姥说，他出去逃难，爬山过河，恐怕早已把水瓶打破了。梦华就说不见得，因为他这个人最精细，他是最善于保存东西的，不管在外面十年八年，等回来时可能还把那暖水瓶带回来，可能一毫不损，他就是这么一个人。

此刻孩子已经不困了，他自己走来走去，看自己的影子玩耍。听别人说甚么火车头，他就说长大了要坐着火车去找爸爸。姥姥问："几时才能长大呢？"他的回答还是说"明天"。

等李嫂取来了开水，听到孩子说"明天"，明天是星期，她沉吟了一下，仿佛有话要说，看看大家正在谈得高兴，无可插嘴处，便把话咽回去了。

梦华说：

"他这个人，完全是一个庄稼人，完全是庄稼人的性格，他的刻苦，也完全是庄稼人的表现。他小时候在乡村的小学校读书，他父亲因为没有钱，连一支石笔[1]也不给他买——那时候的小学生都是用石笔在石板上写字，不象现在用铅笔——他怎么办呢？他就向学校

---

[1] 石笔：用滑石制成的笔，用来在石板上写字。

里扫出的垃圾堆去拣,他拣拾人家丢弃的石笔屑,那短得仅仅可以捏在手里,写起字来非常费力,"她一面说着,并用手比量那石笔的长短,"他从小就是这样刻苦过来的。他的小心谨慎也是从小在农村养成的。可是他这个人真也奇怪,自从离开了家乡,从中学到大学,顶顶危险的事他却遭过不止一次了。有一次,差一点儿送掉了性命。"

她说到这里,稍稍停顿一下,原来她要说的这些话还从来不曾说过,孟坚自己在家时,既不愿对人谈起,而梦华也从不向人说起,现在不知为甚么,她竟然不能自己地说了出来,她的话使大家很惊讶,使大家都聚精会神的听她。

"他在中学时候,曾经为了一本书而关进牢狱。"她继续说,"那是一本讲革命与文学的书,是一个俄国人作的。他同他的一帮朋友组织了一个什么团体,不但自己从外埠买书来看,而且还作一种介绍的工作,他们这团体在学校里发生了很大的影响。那时候省城里正发生一次暴动的案件,政府当局既查获了他们的书,就认为这案件与他们有关,结果别人都逃脱了,却只逮捕了他自己。他说那是为了洗刷另一个人,所以就不曾逃跑。这件事真把他的父亲母亲愁坏了,父亲年事已高,愁得糊糊涂涂的,无可如何,把自己手种的大柳树和果园都卖光了,希望用金钱把他从牢狱中买出来,而他在牢狱中受的刑罚真也够惨,而且当时是已经判了死刑的,等到这里的局面整个的改变过以后,他才被救了出来。如今女师的校长也正是他那中学校的校长。因此这位校长一直对于他保留着深刻的印象。"

所有的脸都望着她,等她说下去。

"试想想吧,就是在东门大街那个监狱,当时我们还时常从那里经过的,可哪里会知道那里边就有一个他!"她显出很惋惜的神情,

"他说他顶不喜欢这个城市,他虽然在这城市住了几年,但他每提起这城市来就感到忧愁,他总想起这里的阴雨,这里的泥泞,这里小街小巷的臭气,他常说,这里有甚么可爱呢,叫外方人来赞美这里的山水吧,而我却只愿诅咒它。有山,而不高;有水,更不深广;而人情的浅薄与小气更使人不能忍耐。其实呢,每当他想起这座城市时他便想起他那一段悲惨的遭遇。后来到了北平,在大学时代,因为一次群众运动,他又被逮了。这一次的经过他是最不爱提起的,因为他说这不是他个人的事情,他不过偶尔碰上罢了。你看,他就是这么一个人,他那一帮朋友也就是这样的,譬如洪太太的洪先生,表面上看起来都是闷楚楚的,不多言,不妄动,可是他们有一肚子的道理,仿佛世界人类的担子都放在他们的肩上,他们就是这么一派人。就以这一次战争来说吧,未抗战以前,他们总都发誓说:一旦中国和日本打起来,他们一定要如何如何,可是现在也就奇怪,他们居然不曾到前方去打仗,却只是跟着学校走,这又是令人不解的事情,可也说不定,他来信老是说又要走了,又要走了,谁知道他们又要走到哪里去呢?所以,我算是看透了,你无论写多少信让他回来,那是绝对不可能的,他们所想的是另一些问题,却绝不会想到我们留在这里之困苦艰难!不过他这还是好的,他还高兴来封信,至于那位洪先生,他干脆一封信也不写,苦得那位洪太太走投无路,常常守着两个孩子流泪,洪太太常说,这些人,不想想大人,难道不想想孩子吗?"

她恰好说到这里,忽然听到昂昂惊叫了一声,原来在梦华说话中间,孩子早已在姥姥怀抱中熟睡了,他仿佛被甚么噩梦惊醒了似的,口里还喃喃地说道:"丢开,不要!"接着却又睡去了。李嫂虽然一直在工作着,她的纺线锤虽然还在不住旋转,可是她已仿佛被那纺锤转得晕眩了似的,显出了一些倦意,因为她既然不能完全听清梦华所讲的意思,她也不曾见过那故事中的人物,她却迷迷糊糊地想到她家里的情形,想到她的老公公,她的孩子们,也许正在埋怨她这样长久地不回去看看,她还担心他们也许把婆婆的忌日忘记了,竟不曾按时到坟墓上去祭扫一回。等听到昂昂惊叫时她也才猛然清醒了过来。桓弟默默地听着,脸上的表情仿佛说,"我从来还不知道孟坚有这么些经历!"姥姥也不说话,只是偶然发出一两声叹息。至于梦华,她这番话自然是对桓弟和姥姥说的,尤其是为了姥姥而讲的,她心里所想的却不见得就是她口里所说的,不过她这样畅叙了一番以后,心里却觉得非常痛快,仿佛原来积在心里的郁闷都随着这番话发散出来了。

　　接着以上那一番谈话,梦华又谈了种种关于孟坚的故事,有些可笑的,也有些可气的,但无论是可笑或可气,此刻谈起来,却都是多么可爱的,这从梦华那种兴奋的神情,那种欲罢不能的话锋,都清清楚楚地表现了出来。看看时候已经不早,梦华终于从姥姥手里接过了孩子,预备到自己屋里去睡。姥姥也渐渐感到了睡意,而桓弟则两目耿耿,落在了深深的思想中,他想到了很多新鲜事物,这是他从前所不大知道的,想到了远方的山水,远方的行人,他实在是在想一个人生问题,不过他自己不知道这个问题应有的名称。

　　梦华虽然已经接过了孩子,却不愿即刻离开,她仿佛不愿离开这里的空气,这是她在家里所能感到的最温暖的空气了。最后还是由于姥姥的催促,他们才各自散去。

　　她一面悠悠地走着,一面想道:

"孟坚，你可曾知道我们在这里谈你吗，象谈一个英雄，也象谈一个丑角，我们谈起你，觉得你和我们这么近，然而你却是隔得我们多么遥远啊！"

于是，千层山，万重水，在她的想象中都呈献了苍茫而凄凉的颜色，她仿佛看见一个暗淡的人影子，象风里的一棵小草，象漂在水上的一叶轻帆，飘摇，飘摇，终于没入迷茫中。

而桓弟则想道：我当初如能同孟坚一块出去就好了，他仿佛看见远远山头上一个高大的人影在向他招手，而那个人影子原来是由天边一朵云彩所幻成的。

等他们都散去了，姥姥才又催促李嫂，说时候不早了应当赶快去睡。这时候李嫂才吞吞吐吐地说：

"不，我是请问老太太，明天礼拜，趁小姐在家，我要回家去看看，不知道可行？"

她自然是获得了允许的。但正当这时候，屋瓦上和庭树上忽然有一阵飒飒的声音响来，当李嫂走到门外，仰头望望，又用手伸在面前试探了一番，于是自言自语道：

"这个天，又要同我作对了！"

八

　　李嫂应该当天傍晚回来的，但直到第二天早晨还不见来，梦华她们都觉得很奇怪，因为李嫂历来做事勤谨，从无差误，从前回家总是当天去当天来，姥姥就说，这一次恐怕遇到甚么意外了，于是老年人的脸上已经表现出了一些忧愁。而更其奇怪的，是那个卖油条的老头今天早晨也不见来，这使她们又暗暗地想起了游击队进城的那天早晨。

　　梦华是必须提早到校的。每逢星期一上午学校里照例举行朝会，每个教员都须出席，作级任的尤其不能缺席，而今天的朝会又特别隆重，不但教务主任要趁此报告他到"友邦"观光的经过，还有国术教员沈小姐也同时出席报告她到"友邦"参加武士道大会的情形，据说今天教育厅长也要出席。梦华固然怀了一种看热闹的心情，但同时她也看重她的责任，她必须陪伴她那一班学生，千万不可让她们在这种场合闹出甚么事情。

她照例又是过早地到了学校。距开会大约还有半小时的光景，二年级的教室里却已是闹嚷嚷的了。学生见了梦华都热诚的招呼，仿佛相隔一天便已经离别了很久似的，也许因为今天她新换了一件颜色较浅的外衣，其他班上的学生们，尤其是低年级的孩子们，老远地只是望着她笑。她听到教室里嚷得厉害，便以为有甚么事情发生了，等她走进教室时，学生们才渐渐安静下来。原来她们正在讲说一件新闻，这是昨天下午在南营发生的，有个住在南营附近的学生，说她曾经亲眼见过那事情的真相。

南营在济南城外，从前这里原是驻兵的地方，沦陷以后，敌人的军队也就驻扎在这儿。昨天下午，已是将近黄昏时候，有一个老头儿，浑身穿得油腻腻的，已经有六十来岁的样子了，也不知他是只从那里过路呢，或是有意到那附近去捡拾破烂东西——日本军营里扫出很多垃圾，都堆在附近一个低洼地方——他被敌人看见了，认为他是奸细，几个站岗的就用刺刀乱刺，把他刺得满身是洞，鲜血淋淋，从他那油腻腻的衣服里渗出来，流了满地。后来经过许多街长保长的说情和苦苦的哀告，——据说当时他们都下了跪，声称愿意以性命担保，证明他是本地的良民，这才允许众人把他抬回家去，但还不曾走到一半路，他已经气绝了。他的老妻痛得呼天抢地，还想给他把那一身血衣脱下来，其实衣服早已被血浆糊住，哪里还脱得掉呢。老婆子急疯了，在墙上撞了几头，碰破了脑袋，登时也就毙命了。学生们争先恐后地把这惨剧报告出来，都感叹欷歔，咬牙切齿。又有人说，那老头是一个卖油条的，又有人说，敌人以为他向各家送油条是在送甚么消息，还有人说，当敌兵不准他在附近捡垃圾的时候，他居然同敌兵起了冲突。梦华听了这些话，本来是要想说一句甚么的,但她不曾说出口,只深深地叹息一声,就从教室里退了出来。

今天的大礼堂布置得特别整齐,讲台上放了很多椅子,桌子上不但铺了洁白的台布,而且还放了一瓶鲜花,学生们也特别有兴致,在几个教官的监视之下,她们都不敢出声,但从她们那眼光,从她们那神色看来,仿佛有多少话都要从她们那紧闭着的嘴里爆发出来。校长各主任,犬养,田中,石川,还有那个国术教员沈小姐和她的姐姐,都高高地坐在讲台上,各位级任先生都陪着各级的学生坐在台下。梦华的位子尤其靠在后面,她的后面只有三年级一班,再向后就是礼堂的大门了。大家的目光全集中在讲台上,而尤其惹人注目的是国术教员沈小姐和她的姐姐。她们两个都是省长的干女儿。据说她们的国术都是家学渊源,所以别具风格,这次派往日本参观,也就是因为这个缘故。沈小姐身体非常强壮,历来都是穿男子衣服,不管在甚么地方,无论当着学生或男教员,她总爱同那些穿高跟鞋的女教员们踢脚抡拳,吓得那些穿高跟鞋的先生们东倒西歪,缩做一团,以表示她的气力和武艺。她今天精神特别焕发,两只大眼睛总在向这个看看,又向那个看看,仿佛是招惹别人去注意她似的,但注意她的反不如注意她姐姐的人更多,因为她的姐姐——人家都称她沈大小姐——今天穿得太艳丽了,她是从小缠了小脚的,因为自己既有一身武艺,所以从不以那小脚为讳,她今天穿着桃红的短衣,葱心绿大裤脚的裤子,脚上是绣花缎鞋。学生们个个望着她,真忍不住要笑出来。梦华分明听到后面有人用耳语说,"跑马卖解的。"还有些别的耳语,她没有方法可以听清。

时间已经过了,但是还不能开会,因为教育厅长还不曾来到。

等厅长来到了，礼堂里却起了一阵很大的紊乱，因为犬养教官只顾同沈小姐埋头说话，不曾看见厅长进来，竟耽误了喊"起立"的口令，及至看见了厅长，厅长已经来到了台前，而且厅长后面除卫兵外还跟着一个秘书，这个秘书就是祀孔的时候坐在讲经台上，用了营营的声音向大家说经的那个"博学通儒"。学生们有自动站起来的，有站了一半又坐下去的，有些坐着丝毫不动的，有说的有笑的，整个礼堂在动荡中，而大家的眼光都被厅长所吸引了，因为大多数人都是第一次看见他，而且他那脑袋后面的一道三寸多长的刀痕更惹人注目，当他从礼堂的大门向讲台走去时，大家都看得清清楚楚。于是有的学生就在后面耳语道：

"三千元一刀，为甚么不多挨几刀？"

又仿佛有人说："啊呀，怪痛的，给我三万元我也不挨。"

这位厅长在军阀专政时代也是一个中学校长。敌人占领济南之后，他就出来作了厅长。不久以前的一天傍晚，忽然有三个自称为学生的拿了礼物去看他，但一见面就从点心盒子里掏出匕首，慌里慌张不曾刺准，只在脑后刺了一下，三个刺客就匆匆地逃走了。这一刀自然不曾伤着他的性命，他在一个德国医院里住了一个月，又领了日本人三千元的慰劳金，而多少可爱的青年人却断送在他这一刀上，凡因嫌疑而被逮捕的，都以乱党治罪，用鞭子抽，用红辣椒粉冲成稀粥向鼻孔里灌，将手指脚趾拴起来用力拉，拉得很长，十指连心，痛彻骨髓，自己屈招了还不算，又无辜地牵累了一百余人。梦华想："就是这个人啊！"她不禁打了一个寒颤。等大家都坐定之后，秩序是恢复了，然而学生却用了她的眼睛在说话，那些眼睛里含了多少意思，含了多少敌意。

厅长到场却也不曾即时开会，因为他忙着同沈家姊妹寒暄起来，他对于这一双姊妹的恭敬简直令人惊讶。大会开始了，校长致开会词，厅长致训词，但大家似乎并不用心听讲，梦华脑子里尤其纷乱，她这时却忽然又想起在外流亡的人来了，她茫茫然想得很远，觉得很悲哀。校长和厅长讲的也还不外是"日支文化提携"，"东方文明"，"新秩序"，"共存共荣"那一套，这是大家都听厌了的。等到教务长开始报告时听讲的人才稍稍专心了一些。

这位教务主任是一位村夫子，清朝的举人，又曾在最早的优级师范毕业过。他赋闲已经很久了，因为老年丧子，家乡不能居住，便带了寡媳和一个孙子来城里教书。他老先生在学校里毫无建树，平时连句话也不会说，就是报告一件事情，也期期艾艾，语无伦次。他到日本去参观，匆匆而去，又匆匆而归，现在轮着他报告了，他用纯粹的乡土音说道：

"人家日本真好啊，咱中国是比不上的，单就礼节上说吧，人家七八岁的小学生都彬彬有礼，在街上遇到了，就深深地行一个鞠躬礼，人家并不认识咱啊，不过知道咱是中国来参观的罢啦。人家那地方真干净，一个蝇子也没有。那爬山的电车，仅仅附在一条绳子上，从这个山头抛到那个山头，真吓人，其初我不敢坐，后来看看人家都坐上去，唉，豁上这条老命吧，居然一点危险也没有。几层的高楼，上上下下都不用爬楼梯，那电梯悠——上去啦，悠——又下来啦，真好玩啊，咱中国简直不曾见过。……"

三个日本教官都坐在那里听着。他说一句，日文教员翻一句。石川抿着嘴笑，犬养笑不可仰，连轻易不动声色的田中此刻也忍俊不禁了。学生们也忍不住笑了，但笑得极不自然。梦华在后面不安

地坐着,她脸上烧得很红,紧紧地皱着眉头。她听见后面有学生低声说:

"老不死的,不要脸!"

以下轮到沈小姐。其初她再三推让,不肯报告,后来被学生鼓掌催促,不得已了,就站在台子前边局局促促地说:

"我到日本参加武士道大会,是省长派我去的,到了那里便忙着开会,也顾不得到各处玩玩,反正一切都很好!……"

几句话不曾说完就下去了。

大家以为那位小脚的沈大小姐也一定要说几句的,结果却失望了,虽然是校长,尤其是厅长一再地催请过,她只是红着脸,无论如何不肯讲,大家看她太难为情,也就不再勉强她了。

最后是石川教官训话,她所说的是学生礼节问题,她总是说学生不懂礼节,说中国是礼义之邦,为甚么反而把礼节都不要了,因此她在学校里特设了一个"作法教室",专教学生们习礼。一星期内,每班轮流到这教室内来练习,先从初步做起,有装客人的,有装主人的,主人如何托了茶盘送茶,客人又如何如何接受,如何表示谢意,都经她实地作给学生看,当着示范。又有人装先生,有人装学生,一左一右,迎面走来,在几步外学生即须立定,然后双手按膝,深深地行一个鞠躬礼,等先生答礼后先走去,学生才能开步走。她今天所讲的就是近来在"作法教室"内的情形以及她的感想。她最后又说:"礼义廉耻是中国的固有道德,而礼是居先的,中国要强盛,应当先从礼做起。"

散会之后,梦华随在学生后面低着头走着,听到学生们切切私语。有人说:"那个小脚的……到日本开会……把鞋子脱在门外……

出来的时候鞋子却不见了……"惹得学生们一团哄笑。梦华却一点要笑的意思也没有,她胸膛里觉得非常充塞,闷得喘不出气,仿佛低头伏案写了一整天小楷的样子,她很想挺一挺胸脯,吸一点清新空气,但一次深呼吸又变成了一次深深的叹息。她心里乱得象一团麻,她不知道她在想甚么,她有一种要呕吐的感觉,好象刚吃了太多不能消化的东西。等她到了自己休息的房间里,坐在自己的椅子上,她才清清楚楚地意识到了她的思想,她几乎把她心里的话说出来,那句话是:"我这是在这里干甚么?我是同些甚么人在一起啊!"她这话自然并没有说出,因为一个人是不会对着四面白光光的墙壁说话的。时光过得很快,春天已经很深了,窗子外面一片草地,中间间杂着开了些红色的小花朵,上午的太阳照射在上面显得光闪闪的,充溢着生命。她想:春天倒也还是春天,应当生长的都在生长,应当繁荣的也都繁荣了,而人生的季节却偏偏无定,她仿佛觉得她的生命刚在开始的,现在却已经枯萎了,而且是孤单单地在忧愁中枯萎了下去。有学生的哗笑声从窗外传来,她们的笑声里充满了活力,她不由地从窗外望出去,学生们肩并肩,手携手地走向教室去,她是多么喜欢这些年青的人们,她又多么愿意和她们接近,多么愿意握她们的手,多么愿意拥抱她们,多么愿意同她们谈谈呀。她今天上午的课在最后一堂,她正不知应该如何度过这一段时间,而这时候校长室的工友却又来请她了。

　　校长同她谈起一个叫傅迈的学生,问她对于这个学生有甚么印象。

　　她想,不知道班上又发生了甚么问题了,她心里先自琢磨了一阵。

傅迈,是一个美丽而热情的女孩子,她在班上有出人头地的成绩,既为人所艳羡,尤为人所忌恨。她有红嫩的双颊,长长的睫毛象黑色小扇子般不住地扇着,两只深而大的眼睛发着一种含有魅感的光亮。她画得一手好图画,弹得一手好钢琴,更善于登台演戏,一啼一笑,最能左右观众的情感。学校里开游艺会,音乐会,她是一个决不可少的角色。因此她被犬养教官所赏识,犬养要布置成绩室,一定要叫她来帮忙,叫她递画片,叫她拿图钉,而课外她练习钢琴的时候,他也常常去听她弹奏。所有的男教员都是不准住校的,据说犬养之一再要求住校也就是为了傅迈,幸而校长一再委劝,说国情不同,在中国不同在日本,他才算罢休了。但他对于傅迈的这番用心已被大家窥破了,于是有的同学也曾劝过傅迈,叫她不要再和犬养接近,傅迈却总是说:"管他呢,他能奈我何!"便满不在乎地扇动着她那一双迷人的眼睛,一蹦三跑地跑开。

梦华把她对傅迈的印象简单地说明了之后,老校长舐着他那花嘴唇微笑着低声说:

"问题就发生在犬养身上。犬养教官竟然直接向傅迈提出了结婚的要求,我说她已经订过婚了——其实她并不曾订婚——犬养教官却说订了婚也没关系,我看情形不对,便暗暗地让傅迈离开了此地,学校里已经没有傅迈的名字,至于犬养教官,我自然有方法应付。"

从校长室退出来,她一面走着却想起另一件事:本城某小学一个女教员,因为长得比较好看,被一个日本军官看中了,非要得到她不可,结果将那女教员的丈夫下了狱,以莫须有的罪名而加害,那女的竟被他强占了。梦华此刻既庆幸傅迈能逃出虎口,但又不能不深为她的前途担忧,她活泼的影子也就一直迷乱着梦华,使梦华一刻也放不下丢不开。

等她上课点名的时候，点名册上果然已经不见傅迈的名字，她点到那地方时稍稍停顿了一下，然后又点了下去。而下面有的学生就问道："老师，为甚么不点傅迈？"听那语气，仿佛她们都已经知道了内幕。她觉得很为难，她不愿解释，她用深思的眼睛向台下看了一遍，那发问的人也就如受了一种感动，暗暗地把头俯了下去。这一堂课的秩序特别好，学生们不但没有一个讲话的，甚至连头也不抬，连翻动书叶和开动笔墨的声音也很轻。她一直用了一种严肃的面孔对着她们，她讲话的声音很低，很慢，正如一个充满忧伤的人在讲话时一样，一如一个肩了很重的苦难的人在讲话一样，就仿佛从她神情中发出一种力量，这力量把大家牵引着，又把大家慑服着。她并不会威压她的学生，她的学生们也并不畏怕她，只是由于一种不可言说的互相了解，互相爱惜，而表现了一种广大的温柔。孩子们的心里好象在说："可敬爱的老师，你心里要向我们说甚么呢？"而当老师的也好象在说："可怜的孩子们，你们心里要对我说甚么呢？"沉默是一条宽阔的河，河左岸与河右岸的握手，可望而不可及，一种无可如何的悲哀。到了临下课的时候，她竟然毫无离开讲台的意思，而学生们也依旧安安地坐在位上，等她慢沉沉地整理了书本，又慢慢地走出了教室的时候，学生们才渐渐地活动起来，她分明听见，留在她背后的是一片叹息，象离开海岸时听到的一阵潮音。

她在回家的路上走得很急，不同于往日，她今天特别想念孩子，她有急于抱抱孩子的欲望，她有一个远行人想念家园的感觉，她想见了姥姥就报告今天在学校中的见闻，自然还有那个卖油条老人的惨剧，这是姥姥非常关心的，还有李嫂，也不知是否已经归来，也不知是否有甚么意外。她一步闯进屋门，却正好看见李嫂抽泣着对姥姥诉说，李嫂也明明是刚刚回来的样子。小昂昂正拿一个乡下的饽饽在一边吃，那饽饽当然是李嫂从乡下带来的。她问了一句"甚么事？"便颓然地坐在椅子上，拿惊异的眼光望着李嫂和姥姥，听李嫂一面抹着眼泪，一面说道：

"如今年头简直没有老百姓过的日子了！俺那老公爹是曾经念过几天经书的人，他识得文章，解得字，但他老人家就吃了识文解字的亏。俺家里自从那个冤鬼去世了，闪下两个孩子，老的老，小的小，家道一天不如一天，几亩白沙盖顶的好庄稼地都历历拉拉地卖出去了，到头来就剩了一块不长庄稼的坟地，依俺说，早就该把那几棺坟迁出来，好把那块坟地卖出去，——你知道，那几年因为要开大马路，那一带地皮着实贵，——可是俺那老公爹偏偏不听，他说我妇道人家不懂事，他是念过书的，他懂得风水，他说这块坟地将来会发迹，八成儿就发在两个孩子身上，他不准卖。那么把那坟地上的松柏树卖了也好哇，人都穷得快端不起饭碗啦，可还要甚么树木琳琅的好看。可是他老人家偏不，他说若没有松柏树青青丛丛罩着，秃坟，秃堆，还会有甚么风水？好，就留着，留着留着日本鬼子来啦，要修飞机场啊，树也给伐走了，坟也给扫光了，如今甚么影子也不见了。你还要说理呀，这年头往哪里去说！我还说怕他们忘了俺那婆婆娘的忌日，赶着回去祭扫祭扫，也带便给俺冤家烧两张纸钱，好，甚么也没有了，叫你哭也望不见一棵坟头草了！俺那公公老爹没有法子，就只是蒙头大睡，一连睡了七八天，如今起来啦，简直成了个疯子，他逢人便说：'我昨天夜里看见西南天边上一颗大星,比别的星大多啦,又大又亮,红通通的,那一定是灭鬼子的那个将星,他将来要统一天下,叫世界太平,天兵天将,把鬼子杀个寸草无根,不用愁,等着好了!'他天天这样胡说白道,万一叫鬼子听见了,还有命吗?两个孩子吓得不得了,就一个去干活,一个在家里守他,饭做中了,要他吃,他也不吃,他说:'吃饭?吃饭做甚么?等天下太平了再吃饭罢,我不吃饭也能等着,一天两天还不能等吗?我不饿!'你看看,这叫俺怎么办呢?"

她一口气说完了,满脸泪水,握了一把鼻涕,竟然坐在地上呜呜地哭起来了。

九

时间在忙碌中飞去。

她忙着预备功课，从学校跑来跑去，看学生的作文，看学生的周记，照顾自己的孩子，帮助做家里的琐事。然而她依然觉得时间过得很慢，她依然感到生命的空虚，她总是在一种期待的感情中。她期待一些重大的事件，她期待一些新鲜的事件。她期待那远方来的消息——孟坚已经很久没有信了，她期待一些不着边际的空论，期待一些好意的责备。无论在作着什么工作，譬如读着书，阅着学生的作业，她都会偶然地停下来，仿佛有甚么事情就要发生了，然而甚么事也没有，摆在面前的依然是那些永无完止的工作。尤其当家里安静了，姥姥领了孩子到街上玩，李嫂抱了衣服到河边洗，她一个人落在无边的寂静里，一点动静，一点意念，都会使她心惊。一个小鸟在檐前的树上弄出了一点剥啄，她几乎吓了一跳，她跑出房门向高空怅望，甚么也没有，碧蓝的天空在吸引人的灵魂。有一次她在学生的文卷中看见一句话,说是"我是多么愿意飞腾,飞腾,飞腾,飞出了天外,飞出了青冥……"她对于这句话沉思了很久,若有所失,也若有所得。她多么爱这种空漠,又多么怕这种空漠呀!

初夏的天气已经令人感到一些闷热,但也正因为闷热,才令人更爱凉爽。时时有布谷声自远处传来,她想象田野的一片绿。出乎意料之外地,孟坚的弟弟孟朴,从家乡来到了省城。

这个乡下的年轻人在这里得到了热烈的欢迎。

当战争初起的那个夏天,当她伴着孟坚回到故乡去时,她曾经看到过这个弟弟,所以他们并不生疏。在最初,孟朴在这里显得十分拘束,因为他是第一次到省城来的,这里一切他都不习惯,连对于别人的称呼也感到困难,而姥姥与桓弟又是第一次见面,本来是非常木讷的孟朴,也就更显得木讷了。他坐在椅子上,几乎一动也不动,他甚至不知把两手放到甚么地方,而两只呆钝的眼睛则迟迟地直望着门外,仿佛惟恐和别人的目光相遇。假如别人不问他,他就一句话也不说,问他一句,他就回答一句,仿佛惟恐说错了或说多了话似的。穿一身蓝布衣裤,青鞋布袜,腿上扎着黑色的腿带,完全是乡土装束。剃得光光的头顶,不戴帽子,由于一路的跋涉那原来是黝黑的面孔上已满是风尘。梦华想,他变得多么快呀,当他们初次见面时,他还显得很稚嫩,而现在也居然变得很老成了。她从本心里喜欢这个弟弟,她不但从他的一举一动和声音笑貌上认出了孟坚的影子,而且他给她带来多少纯朴亲切之感,而这种纯朴亲切之感也就是当她第一次到家乡去时所感到,而且也正是那使她有了宁愿老死于乡土的那种可爱的感觉。

孟朴来得非常仓促,而且还要仓促地归去。由于敌人的统治,行路非常困难，他不得不同乡下几个贩卖鸡蛋的人一同来，因此他来的时候也就同样的挑了一担鸡蛋，只有这样，他们才可以比较顺利的通过，虽然沿路经过多少检查，把鸡蛋都一个个摆出来看过，认为无可怀疑了，才得进城。他是昨天到达的，他和他们一起住在一个小店里，今天他们去卖鸡蛋，而且连他的一担也托他们去卖，他就自己到了家里看望她们。今天晚上他还要回到店里去，明天黎明就要一同出发回家了，他现在还在家乡的中学里读书，也只请了两天假，星期六到星期一，恰好星期天在省城，这是他预先计算好了的。他这样的匆匆，使她感到难过，她总怕不得好好地招待他，又怕不能详详细细地谈些家常话。

孟朴说，若照他父亲和他母亲的意思，是希望他再等过一两月后到这里来，因为那时候自己桃园里的桃子也就熟了，可以带一些来。现在时间还早，有一种叫作"麦匹子"或"一串红绫"的桃子固然已经八分熟，但那比较"大易生"和"胭脂雪"，无论颜色或滋味，都差得太远了。父亲说：你既然趁有同伴，要去就去吧，如还方便，等将来"大易生"和"胭脂雪"下树时才特为去送一趟也好。但无论如何也不能空着手来，于是就带来了一布袋花生米，一布袋红枣，一布袋绿豆，这都是去年自己田里收获的，而且是经过母亲亲手拣出来的最好的。此外，为了叫小孩喜欢，——老年人说，可怜的孩子，到如今还无缘看到自己的爷爷同奶奶！——知道在乡下做的衣帽在省城不能穿戴，就好歹买了一些本地糕点铺做的饼干，这些饼干有各种不同的形状，小马，小羊，小人，小刀，小小的亭台楼阁等。

当昂昂刚刚看见这位叔叔时仿佛有些畏怯，但渐渐地也就熟悉了,而孟朴自己,在这一家人中他也就只愿意同孩子说笑,他同孩子越逗越熟,孩子竟喜欢起这野头野脑的叔叔来了。他给昂昂一把花生,一把枣子,又给他各种饼干,孩子喜欢得跳起来。他给昂昂剥花生的外皮,又给他剔去红枣的尖核,他又拿了一个小刀饼干和小羊饼干,一面玩弄,一面唱道:

打把小刀,
杀个羊羔,
羊羔好吃,
挨我一刀。

孩子一面吃,一面唱,玩得非常高兴。他又对孩子说:
"来吧,叔叔抱你回家,回家看爷爷奶奶,回家吃桃桃。"他把"抱"字念作"布"字,而"叔叔"又念作"福福",这原是他的乡土音。结果惹得姥姥同桓弟都觉得好笑,但又怕他感到不安,却也不敢笑出声来。

为了孟朴的到来,姥姥又特为去了一趟菜市,回来以后还一直在厨房里帮着李嫂准备菜饭。桓弟在弄茶弄水,一面逗着小昂昂并陪姐姐和孟朴谈话,桓弟在这个同辈人身上也发生很大的兴趣,听他谈那些乡土的事物,使他感到迷惑,因为他是从小不曾到过乡村的。他们的话渐渐多起来,简直不知从何说起,而终于把话题转到了孟坚身上。

孟朴说,家里很久已经不曾接到哥哥的信了,问嫂嫂这里最近可曾有信。梦华说这边也很久不见消息,非常纳闷,并且说,他在外边也是忙得厉害，心绪不好，信里说话也很不方便，这也许就是他不常写信的原因。而且偶尔写封信，不是被扣，就是受警告，反倒不如不写信好些。如今邮路也不畅通，中途遗失的信很多，很久接不到信也就是当然的情形。她还想把庄荷卿回家来的情形告诉孟朴，于是她也想起了钟天祥在外边病死的消息，但她终于停顿了一下，不曾告诉这些事，她想得很周到，她想如果她说出了，难免弟弟回家后又告诉父母，岂不又平添了父母的忧心。而弟弟却很忧伤地说：

"爸爸去年曾经大病一场，后来病好了，却变得糊糊涂涂，妈给他做了一条鲤鱼，——在咱们乡下吃鱼是很不方便的，虽然去河并不远，——鱼吃完了，他老人家却埋怨道：'我怎么只吃了一个鱼头，没有吃到鱼肉呢！'爸爸在病中常常想起哥哥，每每长吁短叹地问道：'他到底往哪里去了呢？到底往哪里去了呢？'爸爸的牙也脱了，头发也都白了，一两年的工夫，把个老人折磨得不象样子了！"

说起来叔嫂两个又是一阵叹息。他又说，老人家本来身体就不健康，又加以连年战争，生活太苦，心绪也实在太坏。在从前，生活无论么紧，也绝不在土地上打算。譬如哥哥当年在省城遭到那一次大祸的时候，只是伐卖了一些树木，现在树木都卖光了，——原来是树木蓊茂的田园，一下子就变成了光秃秃的赤地，这已经够老人家心痛，到了无可如何的时候，也就不得不典卖田地，这件事真是叫老年人心痛得了不得。父亲常说，他年轻时候承受了祖上的产业，本想尽上自己的力量再添置一些田产的，不料到了老年却反不得不把自己的锅头拆给人家。若不卖田地，就无法抵挡苛捐杂税，但卖了田地又将如何为生？因此父亲又常说："假如你哥哥在家，他还可以做点事，帮帮家里的生活，但是他如今又跑那么远。"有时又自己解慰道："忠孝不能双全，他既然在外面为国尽忠，也就不能在家尽孝了！"说到这里，朴弟的声音变得非常低沉，仿佛已是含着眼泪的样子，其实，梦华的眼泪却早已在眼眶里转了好久，她只是担心它会落下来罢了。弟弟说，幸亏母亲身体还好，他自己既在学校，家里的事情就多半由母亲操劳，然而不幸，今年春天却又遭了一次祸患。春天，是农家最困苦的季节，为了要度过这个悠长的艰难时期，母亲决定把存放了很久的一些木板运出去卖掉。她找了邻家一个孩子给她赶着牛车，运着木板到一个较远的村镇去，到了中途，因为遇到一个穿红衣服的女人迎面走来，那牛一惊就乱跑起来，结果把母亲摔在车下，一只左臂也就被车轮辗伤了。直到现在，虽已痊愈，但母亲的身体也渐渐衰弱下来，每到阴雨天气，那受伤的左臂还每每感到酸痛。当梦华仿佛忽然想起似的问到妹妹时，她才知道妹妹已经于去年秋天去世了，于是叔嫂两个又是一阵歔欷。她对于这个只见过一次面的妹妹有很深刻的印象，比较起弟弟来，这个妹妹倒更和孟坚相像。他们都同样的诚朴，同样的温良，但妹妹比弟弟似乎多了几分智慧，多了几分果敢，虽然年纪还小，看她那对于家务的处理，对于自己居处的安排，以及待人接物的态度，都叫人感到爱慕和怜惜。弟弟说妹妹的婚事是已经定了的，本来预备秋后就要成亲，不料敌人来了。弟弟说到这里又落了眼泪，看他那一任眼泪直流的样子，充分地显出了他还是一个孩子。至于妹妹究竟是怎样死的，她也就不再追问，他们的谈话有一次颇长久的中断。在谈话的间断中，她在捉摸那个死去了的妹妹的相貌，那是黑黑的，瘦瘦的，中等身材，声音清爽而温柔的，她想起她们初次见面时的允诺，她说将来一定要接她到省城来住些时候的，如今却只能想象一丘荒坟，一片野草了。

当梦华问到敌人在乡下的情形时，弟弟说，幸而还好，因为那地方偏僻，交通不方便，敌人只是经过一下，不久也就去了，因此也就没有甚么大战事。敌人在那里的时间虽短，但是骚扰却非常可怕，不但是鸡鸭都被吃光，连耕地拉车的黄牛也被活活地烧死，他们遇着有牛的人家，就将床板，门板，桌子，板凳，一齐架起来，把牛捆起来放在上边，然后点起火来就烧，牛烧得嘿嘿地叫，多少里以外都可以听到。有时候夜间也在树林里烧，烧得火光烛天，如同白昼，也不管是不是已经烧熟，鬼子们就围成一团，拔出佩刀从牛身上切着吃，等吃饱了，喝醉了，便东倒西歪地去找女人。当敌人退去之后，人们以为可以平安无事了，不料自己的军队又来了，他们自称为奉了命令来防守的，那知他们比鬼子还可怕。他们先是收了人民的武器，又三天两日地征调粮米，假使有人家答应得迟缓，开口便是"汉奸""通敌"的罪名，不但要倾家荡产，人命也就不保。其实呢，和敌人暗中通气的正是他们，他们为避免牺牲，为了购买军火，一直在和敌人暗暗地勾通着。敌人来了，还可以向没有敌人的地方去躲避，但是他们是自己的军队，叫你连躲也无处躲，如果躲逃，那也同样会加以罪名的。老百姓实在太苦了，无可希望，无可依仗，后来不知从哪里吹来一阵风，说北边的共军就要打过来了，共军是真正抗日的，是爱护老百姓的，他们不收人民的装器，还发给人民装器，他们不但不横征暴敛，还帮助老百姓耕种收获，据说他们在敌人后面收复了很多地方，不久就可以来到这边了，然而消息只是消息，盼了很久也不见共军的影子。失望之余，大家想还是自己最可靠，就想自己组织起来，把埋在地下的武器掘出来，还想尽可能的自己造些武器，这样一旦敌人再来时也可以稍稍抵挡一番，同时也可以在地方上自卫，以免被那些号称为抗日的正式军队所欺侮。但事情还不曾办，几个领导的人就被那批军队杀害了。弟弟说到这里，他一面思索着，一面举出几个被难者的名字，其中有一个是本地的小学教员，有一个是曾经在外面作过警察的，还有两个是曾经在省城读过中学的青年，这些人都是孟坚的朋友，而且当梦华和孟坚一同回到乡下时，这几个人，还有其他许多人，都曾经特别设筵招待过他们。经朴弟一一地描述了那几个人的相貌后，她居然也还能回忆起一些人的影子。其中有一个是她记得最清楚的，这人曾经在省城中学校和孟坚同学，而且也属于他们那个小小团体，孟坚在省城受难的那一次他只是侥幸得免。他有一种爱说半句话的习惯，此刻孟朴还模仿他的口吻说："吓，中国啊，中国就是不上轨道，至于老百姓可真是……"或者又说："你呀，你老兄还是向远大处看看才行，若不然……"他总是这样说了半句，下半句就咽了回去，仿佛故意要听话的人去猜想似的。至于那个小学教员，她记得更清楚，因为当时他正在为了婚姻问题而闹家庭革命。她想，这都是些多么可爱的灵魂啊，她同他们虽然只是一面之缘，但也正因为如此，就象一阵电光倏然一闪便永远消逝了，她感到一种莫可如何的人生的悲哀，她是多么爱那个乡村，爱那里的土地，爱那土地上所生的花木和人民啊！她又想假如孟坚也知道了这些情形，尤其是这些人的死亡，其中尤其是也知道了妹妹的死亡时，不知又将作何感想。于是她就问道："是不是在给孟坚的信里，告诉过这些呢？"弟弟说："为了怕他伤心，我历来不提这些事，每次写信不过只说老幼平安罢了。"

最后朴弟谈到了他在学校中的情形。他说故乡本来是并没有中学的,自从战事发生以后,因为家乡的学生都不能到外边升学,为了不误青年人的学业,本乡几个前辈先生便自己办了一处复兴中学,那些教员先生大都也是哥哥的朋友,也有的是哥哥的老师。其中有一个石老师,是哥哥在小学以及在中学时代的老师,现在年纪已经六十多岁了,可是人极健壮,志气尤其刚强,学识人品,都负一乡的重望,他一方面主持校务,一方面主持乡土中的一些重要事情,一天到晚勤苦作事,热心教导,他不但领导学生,也领导教员,也领导民众。他对于哥哥很关切,他又常常把哥哥当年读书进取的精神告诉学生,意在给大家一种鼓励,一种模范。但是他老先生也极不容易,在那种环境之中支持一个学校,那是有极大危险的,有时正在上着课,忽然有人来报告说,敌人已经到甚么地方了,于是他就指挥大家赶快逃避,有几次敌人真地已经把学校包围了,但进去一看,里面甚么也没有,原来不但人已逃光,各人临逃时连东西也带光了,反正大家天天在准备,天天在警觉,所以他们所受的教育是完全和平时不同的,那简直等于军队一样,先生们都是有武器的,假如可能,学生们也一样可以发给武器。学校的房子曾经被敌人焚毁过,学校也就不止迁移过一次,敌人到各处搜捕学生,同时也各处强拉壮丁,因此牺牲的人也不少。他又谈到他的先生们还曾经说过,如果哥哥同嫂嫂都同到家乡去共同工作,那该是多么好的事情。

梦华听了朴弟这番话,心里不能自己地感到了些惭愧,她想,我在这里工作实在还不如乡下那些先生作得更有意义,她只好对弟弟说:"如果中国各处都有这样的教育工作者,中国也就应当有救了。"

朴弟虽然木讷,但慢慢谈起来却是极有条理,而且很有情致的,这在梦华第一次同他见面时是不曾见过的,因此,他们谈得非常兴奋,竟不曾想到已经到了吃午饭的时间。姥姥在厨房里招呼桓弟,说要他预备开饭,李嫂也已经摆上了杯箸,昂昂听到了姥姥的声音,就说要去找姥姥,桓弟又给昂昂和姐姐斟一些茶水,然后领昂昂到厨房去了。

屋里只剩了梦华同朴弟,这时候朴弟显得更自在了一些,于是他用了更亲切的声音,悄悄地对梦华说:

"嫂嫂,爸和妈只是说要我来看嫂嫂和昂昂的,他们却不知道我有件更重要的事问嫂嫂,要嫂嫂帮帮我。"

他所提出的到底是甚么问题,梦华一时颇无从猜测。沉默了片刻,孟朴才又吞吞吐吐地说道:

"我想问嫂嫂是不是要去找哥哥,假使要去,我是一定要陪嫂嫂一同去的,我很愿意到自由的地方去,我很愿意同哥哥在一处。"

当他说出这一句话时,他脸上泛了一阵红潮,而且他那原有的木讷就又出现了。

这真是出乎她意料之外的问题。她本来还想告诉他,说她曾经一再地写信催孟坚回来,而孟坚却一再地执拗不理,等等,此时她再也不能提这些话,而只是说:

"去也倒是应当去,只是太困难了,而且还有昂昂,万一路上遇到危险,那就一动不如一静。"接着她又问道,"那么爸和妈的意思怎样呢?"

弟弟说:"爸和妈的意思是无论如何不让我离开的,我每次提到说要去找哥哥的话,他们便大吵大闹,妈甚至因此痛哭起来,她说,你哥哥已经远走高飞不管家里的事,你如再走开,等我们两个老人一旦死了,就连个送终的也没有了!爸爸也说不行,他说,不准你走,你要死吗,咱们还是死在一块吧!"

孟朴一面说着,脸上堆出了一些笑意,眼里却含了一包泪水,梦华听了,也觉得这话说得太惨了。那么这也恰好,不能去找孟坚,也正合父母的意思。于是她就告诉弟弟,还是不必作远行的打算,回家后千万不必再提去找哥哥的话,而且应当安慰老年人,说她还要继续写信催哥哥回来,如果他一旦回来了,就大家一同回家去老守田园,事奉老年人,也好尽一些孝心。她又说,如果乡下安定下来,她也愿意带着昂昂回到故乡去,她可以帮同料理家事,昂昂在爷爷奶奶面前也可以多添一些热闹。她想这番话一定是老年人所最爱听的,虽然不见得成为事实,就只凭这些意思,老年人心上也可得些温暖,她想:老年人是多么需要温暖啊!可是她这番话在弟弟身上却发生了恰恰相反的影响,他不但不曾回答她的嘱咐,反而沉下了面孔,他的面孔完全为一片阴云所遮盖,她从这样的面孔上就恰好认出了孟坚在生气时的那种颜色,弟弟自然并不生气,不过他的失望却表现得很清楚。午餐桌上有相当丰富的菜饭,可是弟弟吃得很不高兴,他不再说甚么话,这倒叫姥姥和桓弟感到了不安,以为梦华慢待了他,或者还有其它不可知的原因。

午饭以后,他们都显得有点疲倦,他们都很少谈话,只是偶尔交谈过一言半语,再也不象上午那样的有兴致了,而且说话的多半是梦华同桓弟,孟朴几乎一言不发的样子。他心里在想着甚么问题,等到实在沉闷得无可如何时，他就再逗逗孩子，他问昂昂道：

"昂昂，你想不想爸爸？"

昂昂说："想。"

不等他再继续问，孩子就指着心口说："这里想。"

他就把孩子抱了起来，一面走着一面说道：

"走了，走了，福福布你找爸爸去了！"

照人情说，孟朴既是初次到省城来，而且来一次极不容易，是应当领他到各处玩玩的，桓弟也曾经向梦华暗暗地提过，但她却以为为了安全，还是不必，她向朴弟道：

"是不是愿意同桓弟出去逛逛呢？"

他摇着头说："不想。"

桓弟就趁机会说，《老残游记》上说济南家家垂杨，户户流泉，大明湖里的佛山倒影都是真的，可惜如今风景如故，情形却全变了。千佛山下凿了很多大洞，成了敌人的火药库，大明湖的历下亭、北极阁、铁公祠，都驻有日兵，凡是风景较好的地方都是敌人的机关，那些地方都不许通过，即便准许通过，看起来也毫无意思了。他于是顺便提到了济南附近的其它名胜，譬如佛峪，是秋天看红叶最好的地方，但现在谁还能去，谁还忍得去呢？去年秋季，敌人说那山下一个村子里破坏了交通，结果全村被"洗"，他们在半夜里将全村围得风雨不透，四面放火，把全村男女老幼都烧在里边，至于年青力壮的，早已被捉了关起来，结果是处了"犬刑"：有一间大屋子，里面关了几十个饿狗，将捉来的人放进去，不多工夫便被活活地吃掉了。

趁孟朴和昂昂还在玩闹着的时候，梦华把桓弟叫到旁边说了一阵话，仿佛是有甚么特别的嘱咐。过了一会，桓弟便装作好奇的神情，说朴弟脚上的鞋子很好，他要穿起来试一试，孟朴莫名其妙的脱给他，两个人身材既差不多，孟朴的鞋子穿在桓弟脚上竟完全合适，他们都笑了一阵。桓弟把鞋子还给孟朴之后，便说他有事要出去一下。等他从街上回来的时候，才知道他是去买了一些礼物，他买了几盒糕饼，还买了几丈洋布，另外还买了一双鞋子，这是专为赠给朴弟的，这叫孟朴感到很不好意思，他本想说些辞谢的话，却终未说出。晚饭后，孟朴说就要回到旅店里去，梦华就把桓弟买来的东西仍旧装在朴弟带来的几只口袋里，另外还又包了一卷钞票，问道："省城的伪钞在乡下可能使用吗？"孟朴说"可以"，虽然孟朴执拗着无论如何不收，但终于给他塞入了衣袋。梦华说，这是等回家后买些吃食孝敬老人的。并说将来有机会还希望他再来省城。桓弟也正好是应当回公司去，便同着孟朴一路，送他到小店中去了。

到了晚间，梦华同姥姥谈到孟朴，并学着他的土音，问昂昂说："宝宝，你这个福福可好？他要布你回家你可愿意？"

姥姥又问道："福福带来的小刀饼干可好玩？你可还会唱福福教的歌儿？"经这一提，反而把孩子的欲望提醒了，他说还要一些小刀和小羊，他非得要"打把小刀，杀个羊羔"不可。但所有的小刀小羊都被他吃光了，余下的都只是些金钱饼干，还有些小人小马，也大都断肢残臂，少头无尾，给他看，他说不对，于是放声地号哭起来，他哭得声音很高，很远很远的都可以听见，说是"日本鬼子来了"，他也不怕，他只是哭着，叫着，而且一面喊着："我要打把小刀，杀个羊羔，我要打把小刀，杀个羊羔！"梦华说叔叔已经走了，那是叔叔从很远的家乡带来的，此地买不到，等将来再写信请叔叔送来吧，不行，他还是哭喊，姥姥说等明天她要跑遍全城看有没有小刀小羊，也不行，他还是哭喊，哄他，吓他，劝他，骗他都不行，他已经闹了将近半小时了，丝毫没有停止的意思。朴弟去后，梦华心里本来就有说不出的难过，经他这一闹，梦华已不能忍耐，便猛地从姥姥怀里把他提将过来，在屁股上狠狠地捯了几掌，一面捯着一面说："你这是甚么脾气，你这性子是从哪里来的？你可真算是你爸爸的儿子啊！"等姥姥和李嫂两个人把孩子夺了出来，她才住了手，结果孩子哭得更凶，哭得实在没有力气再哭了，才在姥姥怀里睡去，虽然睡着了，却还不时的打着抽噎。这时候姥姥才听到梦华在自己房里的抽泣声。

十

孟朴去后,一连多少天她都在盼望孟坚的来信。她希望他来信之后就可以马上回他一信,而在这封信里她将有很多话可说。等了很久却不见信来,她也就只好自己先动笔了。就象所有的水都向低处流一样,她的情感也只有一个方向,只要她提笔写信,就一定要说一些要他回来的话。这情形,连她自己也意识得相当清楚,她每每自己问自己道:这些话岂不是已经写过多少次的吗?这些话之并无多大用处也是很明白的,但无可如何,不提笔则已,提起笔来就写起这些话,仿佛说这些话的不是她,而是捏在她手里的那支笔似的,而这一次也稍稍有点不同,因为这一次她捉住了新的题目,她一开始写道:

"朴弟从家里来了,他带来了很多故乡的礼物,也给我带来了很多回忆。他带来了红枣,又红又大,还有花生,都是非常满饱的,绿豆尤其难得,姥姥特为昂昂作了绿豆沙,孩子喜欢得跳起来。朴弟回去好些天了,可是孩子的口袋里还带着红枣和花生,孩子很喜欢叔叔。

"我想起我们一同回家时候的情形来了,你领我去看你家的田园,你指点给我,哪是枣树,秋后要挂一树红枣;哪是花生,秋后要从地里掘出白纷纷的果实,你又领我去看你们的桃园,那正是桃子成熟的时候,满园桃香,鲜红的桃子在密丛丛的绿叶里掩映着。你把你们的豆田谷田指给我看,一片青,一片绿,望不到边际,遍地是歌声人语,应和着飞鸣的布谷。坚,我是多么喜欢这种生活。多么愿意永久住在乡村里啊!万一上天福佑,能叫坚安全归来,我甚么都不想,甚么都不要,我只希望大家团聚在一起,作一世草野之人,也就十分满足了。而且,还有年迈的父亲和母亲……"

她写到这里时停顿了一下,她想父亲的病是不能告诉孟坚的,母亲被车辗伤的事也不能告诉,她知道他这人的脾气:虽然永久在外边奔波,虽然从来不为家庭打算,但是他对于他的父母太关切了,每次提说起来,总见他象小孩似地那么为思念父母而愁苦,而且她还清清楚楚地记得,他说他只要身体不舒服,或过于疲劳,或心里有不愉快的事情,夜里便梦见他的父母,他总说,梦里的老年人更显得衰老了,而且那种贫苦的样子真令人落泪。他总是以未曾尽些孝道,未能设法帮助父母把家庭弄得更好一点而感到惭愧,为了怕伤着他的心,她便写道:

"父亲母亲都是很健康的,不过如今世道不好,老年人总是想念他们的儿子,又因为生活愈来愈苦,就更希望你能回来帮忙。而且,我甚至存了一种幻想,假如你真地回来了,我们未尝不可把父母和朴弟都接到省城来,……"

她真是异想天开了,她也觉得这也许很困难,但既已写上去,也就不必再涂改。关于妹妹的去世,她略略提了几句,她说妹妹早有胃病,后来就一发不可治了。这是事实,她同孟坚一同回家时妹妹确是患着胃病的,她当初之所以说一定要请妹妹到省城来,主要的还是为了请她入医院治病。最后她还提到了孩子,她说小昂昂非常乖,能从好多人的像片中间指出爸爸,而且,把像片抱到自己脸上亲爸爸的脸。她最后结束道:

"我看了孩子的这些动作非常感动。可怜的孩子,到如今还不曾见过他的爸爸!"

信写完了,她又从头看了两遍,虽然已经没有甚么可补充,但她总觉得还是不够,她愿意把信写得更长一些,她心里有很多意思,每苦于说不出,但说来说去也只是那些话,也就只好罢了。信发之后,就仿佛完成了一件重大的工作一样,叹一口气,而以后的日子就是期待这一工作的效果。

近来她对于看报颇发生兴趣,因为一个新的消息——南京汪伪政府的成立,又引起了她的注意。

报纸上为了汪政府的即将成立,早已大肆鼓吹过。报载汪精卫曾经一度飞往北平,据云也曾到过济南,但并未公开宣布。汪精卫这样跑来跑去的结果,是南北伪政权的合流,也就是一个新的伪政权的建立。苦于战争的老百姓,尤其是留在沦陷区的知识分子,几乎都对这事表示极大关注。街头,巷尾,学校,商店,家庭的餐桌上,火车的车厢里,到处都在谈论这件事。一般人心里都暗暗地想道:日本鬼子撑不住台了,拉出老汪来,作为一个下台的阶梯。讲和的条件也许不会太差,鬼子兵非完全退出不可,把占领的地方都交还我们,并赔偿我们的一切损失。汪精卫如今无耻到认贼作父,作了汉奸,投降了敌人,正好暴露了这个阴谋,说不定故意玩了一套把戏。等鬼子们滚了蛋,他也会完蛋的。在学校里边,一帮渴盼着光明的学生,在教室里,在寝室里,甚至走在路上,总是纷纷地议论着,谈到兴高采烈处,不知不觉会手舞足蹈起来。由于这种相信,她们居然把眼前一切事物都改变了看法,仿佛青石道路上,灰白墙壁上,一草一木,一几一椅,上面都罩下了一层可爱的光彩,那光彩是和平的明亮的,呼之可应,招之可至。她们不但看见中国的师长们觉得特别可亲,远远看见,虽然不打招呼,那忍俊不禁的笑意,仿佛就说,可好了,我们总算有了出头的日期,又仿佛说,老师,这件事确乎是可靠的,因为任何人都这样相信它呀;即便对于日本人,对于犬养,石川等人,她们居然也另眼看待,仿佛他们已经是投降了的敌人,甚至是变得可怜相了,意思是说:知道吗,你们就要从这里滚出去,滚回你们的三岛去了,你昨日的威风又将何在呢!因此学生们渐渐在日本人面前放肆起来的也有,有的人竟大胆地唱起国歌来——不是"卿云烂兮",而是"三民主义,吾党所宗",那真是一件天大的快乐呀,此地自从沦陷以来,谁还敢唱这支歌子，更有谁敢高声地唱，在战争以前有些是极端讨厌这个歌曲的，但等到敌人不准歌唱时，却觉得它万分可爱，有时偷偷地低吟一回，于是过去的自由生活就又回到记忆中来，因之就会簌簌地落下了眼泪，这样的吟一阵，哭一阵，心里便觉得非常快慰了。现在居然有人敢于高声唱，虽然听到的人不免大大的惊吓一阵，但整个的灵魂都会震颤起来，浑身一阵剧烈的颤动，眼眶里也早含满了泪水。等学校中命令说还是不准唱，谁要再唱便要怎样怎样的时候，这些不知事的孩子才又想到她们原来还是在敌人的掌握中，她们莫名其妙，面面相觑，大大的稀罕起来。虽然如此，然而她们还是不肯罢休，她们还是纷纷地谈论，偷偷地欢喜。

　　某日的报上忽然用特号大字在第二版的第一行发出了消息，说南京政府定于明日正式成立，此外还发表了许多冠冕堂皇的言论。而在第三版的下边就登着本市新闻：明早八点在公园举行庆祝大典，省级各机关学校须全体参加，这个消息简直把整个济南城翻动起来了，学生们尤其显得激动。她们忽然得到一个消息，也不知这消息是从哪里来的，有人说街上的人都如此传说：明日要开庆祝大会了，怕青天白日满地红的旗子一时赶做不及，误了开会应用，南京政府特赐山东省的青天白日满地红旗，已经派员在飞机上带了来。于是有人就说：有人已经看见南京政府派来的飞机，连那飞机上也已经改用了青天白日的国徽。也有人说南京政府还派了大员来主持大会，也有人说明天省长也一定出席，他正在忙着背诵"总理遗嘱"，恐怕明天开会时朗诵不出，叫大家笑话。也有人说，在校长办公室窗下经过时也听到校长在噜噜哜哜地背诵甚么，仿佛听到一句"其目的在求中国之自由平等"，那当然也是在背诵遗嘱了，不然，他又怎么能主持学校的一切会议呢。她们都谈得眉飞色舞，心灵中都为那新丽鲜艳的青天白日满地红的影子鼓舞着，扰乱着，她们简直连功课也无心作，在教室里坐也坐不稳，甚至连饭都吃得不香了。梦华看了这种情形，心里也喜欢得按捺不住，她既不能去督责她们工作，也不能参加到她们的快乐中去，她对她们反而有点羡慕的意思。因为平日她有时对学生谈到北平的情形，谈到故宫，谈到南海北海，谈到天安门，长安街，谈到她的大学生活，更谈到西山，南口，长城，塞北，山海关，此刻就偶尔听到一个学生说：下学期她要到北平去升学，不是考北大，就是考师大。于是另有一个学生就说，她要到东北去开矿，打猎，经营林业，她大概是想到那些丰富宝藏，多年来为日本所强占太可惜了。更有一个人说，她要到日本去，登上富士山，看看三岛是不是可以装进她的小口袋，她又要到日本天皇的皇宫里去瞧瞧，看看天皇到底是个甚么鬼样子。她们的心花都开放了，她们想得很远，很美丽，而现在，则急切的期待着明天的庆祝大会，看满城彩旗，听国歌，听听那些要人们宣布新的政策，新的希望。

　　第二天，梦华又很早地到了学校，因为太早，街上还没有甚么动静，她还想：如果早晨一出门立刻看见满街新旗子就好了，然而她没有看见。到校后，因为要准备参加开会，第一堂，就干脆停课。等到临要排队出发时，学校里却发生了一点小小纠纷，一些学生和大门上的工友几乎冲突起来，学生们说工友糊涂把旗子挂错了，应当到庶务处去领那新的旗子来，为甚么仍旧挂上了五色旗和日本旗。工友说，学校并没有特别吩咐他，学校里也根本没别的旗子。后来有人说，算了罢，时间太迫促，大概学校里来不及制新旗了。队伍到了大街，她们才更其惊讶，原来大街两旁都是五色旗和日本旗，有些地方还间或有一两面太极图的旗子。她们想，真糟，昨天的消息竟是假的，也许那飞机并未运到。街上有很多学校的队伍排队前进，大家都是到公园去的。所有的眼睛都有点茫茫然，左边望望，右边瞧瞧，走过去了，还要向后面看看，也大都注意旗子。有人说，算了罢，旗子没有甚么关系，重要的是听听那些要人的言论，重要的是以后就不受敌人的统治了。梦华混在队伍中间看着她的学生，听着她们的私语，虽然心里早感到一种奇怪滋味，但也只能想道："大概就是如此了。"

公园里人山人海，千万个面孔仰望着高高的主席台，但那里两面最大的旗子交叉着，还是五色旗和太阳旗，而且还是崭新崭新的。这时就听到学生们在切切议论了，她们说这真是太岂有此理了，别处的旗子不换，为甚么会场上的旗子也不换，难道这两面旗子还赶制不起来？梦华在人丛中，听了这话以后就想告诉她们，说恐怕大家都想错了，但她不能开口，她昨天夜里完全失眠，她思想太纷乱，她想到改了新的局面以后孟坚就可回了，于是想了很多美满的事，又想，那时即使她去找孟坚，也将不再有甚么困难，不过是一个长途旅行罢了，能换换地方工作，也极有意义，她又为孩子的将来打算，又想到朴弟，想到故乡的老年人，想到她自己的母亲和桓弟，她想，有桓弟可以照顾母亲，她也可以走开，如能给桓弟解决了婚姻问题，母亲也就更有了依靠。她直到天将黎明时才稍稍闭了一下眼睛，但陡然一震却又惊了醒来。此刻她挤在人丛中，又因为看了当前的情形，简直有点晕晕欲倒的感觉，她的头非常沉重，而胸中好象是有甚么东西梗着，好象要呕吐的样子。

大会开始了，主席台上日本人多于中国人，那些面孔都是生疏的，因为距离相当远，梦华看不十分清楚。开始是"依里武朵"地唱日本国歌，接着就是"卿云烂兮，纠缦缦兮"的国歌，那声音象苍蝇一样，嗡嗡地，又好象千万人在埋着头痛哭。主席致完了开会词以后，是一个日本人讲演，以后又是中国人，又是日本人，虽然台前放了扩音机，但梦华却听不清楚。其实那也还是千篇一律，不外说，中日原是兄弟之邦，因为稍有误会，以致刀兵相见，战祸连绵，久久不决，双方的损失都非常重大。西洋诸国正在坐山看虎斗，中日再不觉悟，只有两败俱伤，使西洋诸国，坐享渔人之利。中国就是吃了共产党的亏，现在幸有汪主席眼光远大，深思熟虑，相信中国如不同日本提携，联合防共，是绝无活路可寻的，于是本着广田三原则，中日共存共荣，捕灭共党，防御西洋的侵略，以建设东亚的新秩序。正在演讲的中间，忽然有一个学生大声喊道："这是怎么回事啊！"接着就晕倒了，这个晕倒的孩子不是别人，又是梦华那一班上的学生：胡倩。

　　散会以后，大家在归途中都感到非常疲乏与颓丧。天空阴沉，空气潮湿，好象是要下雨的样子。梦华一面走着，一面思想，她忽然想起一个出殡的行列。在阴沉的天空下，在微雨的街上，或是落叶在路旁啜泣的秋季，一个最简单，最可哀的葬仪在大街上行进。用两把秋秸在两条小板凳中间捆作十字形，上面就安放了那薄薄的柳木棺材，那棺材上也许胡乱涂了点草灰，也许抹了一层似红似紫的颜色，而且抹得一道一道的，非常不匀。四个或两个衣衫褴褛的力伕抬着，棺材上面就放了掘坟用的铁铲，后面跟了一个缠脚的中年女人，一面哀哀的啼哭，一面紧紧地跟着那棺材，也许她手里还牵一个七八岁的孩子，头上蒙了一方白布，也在哭着，手里还打了一把简陋到无以复加的魂幡。也许有几个邻居或亲朋陪着送葬，也许甚么人也没有，却只是一个或两个吹唢呐的人，那呜呜咽咽的乐器时作时辍，似有似无，简直不成曲调，每当梦华看到这种情形，她必定驻足观看，并默默地思索，等那个行列走远了，拐角了，一直到旷野去，再也看不见了，她还是钉在那里，走不开，终于心里沉重，不知所往，只感到忧从中来，悲不自胜。她今天为甚么忽然想到这上边来，她觉得莫名其妙，她摇一摇晕眩的头，仿佛要把这些思想驱散。但是徒然，她不但不能停止思想，反而想得更远了，她的思想超越了这个繁华的城市，飞到了扬着尘沙的乡村大道，她到了孟坚的家乡。她记起当他们回到家乡时，一天孟坚领她到野外去，孟坚指着人家田地中一座坟墓说：这座坟里埋的是死于十几年前的一个男小孩的骨殖，当五六年前他从北平回家时，曾亲眼看见这堆白骨同一个十七八岁的姑娘结了婚。当时她觉得太奇怪了，经孟坚解释以后才知道，那七八岁的孩子名下有一份产业，有人要承继这份产业，便给那一小堆堆枯骨结了"阴亲"，那个十七八岁的女孩子是病死的，姑娘到了结婚的年龄，死了，不应该只埋一座孤坟，据说那是很可怕的，于是经人说媒，便嫁给那堆小骨头，当结婚那日孟坚是亲眼看到了的，仪式和人间的婚礼一样，不过迎亲的是一个灵牌，而迎来的是一具棺材，把丧事当喜事办理，而"孝子"就是那个承继产业的人，在名分上，他是那一堆白骨的本支侄男，但当时他已经四十来岁，他满嘴的胡髭，跪在那一对"新人"面前叩首而又举哀。梦华想到这里，孟坚故乡那一片原野又在她想象中打了一闪。她用力摇摇头，竟自己问道：我为甚么又想到这些呢？队伍缓缓地前进，学生们都不言语，那个在大会场上晕倒的胡倩被放在一辆洋车上，张文芳和刘蕙两个人扶着她，她还糊糊涂涂的。等到了学校以后，梦华就帮助学生们把胡倩扶回了寝室，当大家把她安顿在床上以后，她长长地叹了一口气，说道："一切都完了！"听了这话，旁边几个学生都哭了起来，梦华并不哭，她咬紧牙齿，不让泪珠向下落。

　　她拖着疲乏已极的身体走回家去，知道桓弟已从公司里回来过，桌面上留了一封水渍斑驳的信，那正是孟坚的信，那是很久以来她所期待的，现在是终于来到了，她每看到这样的信，——这样厚重的，充满了内容的，而且是越过了千山万水，经风经雨，经过多少失落的危险而终于到来的，且由发信地点的检查处，中间的重要关卡，以及收信地点的敌伪机关，盖了种种检查或通过图记的，她就如见了一个久经患难而终于归还故乡的亲人一样，她心里总是先跳一阵，简直不知怎样接待。今天，她更其有了这种感觉，今天她的心情太恶劣，她多么需要远天的消息来安慰，多么希望听一些温存的言语呀，而且，她把信拿在手里，感到那信的重量，感到那内容之丰富，就象一个人不肯以轻易的态度接受一件重大的奖品似的，她先把自己安放在床上，脱掉了鞋子，把枕头一再地放平过，又在床上转侧一番，看究竟如何才可以躺得更舒服一些，然后安定下来，吐一口气，才用了手边的剪刀，慢条斯理的把信剪开，及等把信拆完，把里面的信纸掏出来时，她才大吃一惊，已经安定了的心就又跳动起来，原来那里边是用了一大张从英文练习簿上扯下来的纸写的，那被扯的边缘，非常不整齐，想见这信是在仓促中写成，这种纸又厚又重，虽然只是一张，却比平日他惯用的三五张还显得多，里边只简简单单写了几句，字大如枣，潦草难辨，信封上的字亦同样草率，但直到此刻她重新拿起信封看时，才发现那草率的程度。那信里写道：

  "此地已不可居，自明日起，将有两个月的徒步旅行，我们一直向西去，目的地大约为成都。俟到达后，当再告知，在此期间，不必来信，来信恐已不能收到。"

  "此地已不可居"，这句话在她心里回响着，她茫然了，她顺手从床边案上取过地图，不错，正是孟坚所住过的那地方，很久以前报上就载过"皇军占领××，所向无敌"，日本军队所占的这地方距孟坚所在的那地方很近，最近恐怕那地方早已为敌军所侵占了，她还在想象着孟坚时常站在那里的山上向她这边遥望呢，其实那边大概已经放着敌兵的大炮，或者放着敌军的马群了。她用食指在地图上按住那个地点，她的视线就在那些山水林莽之间旅行起来，寻来寻去毫无所得，徒然地想象有一群人，象一群小小蚂蚁，在那些红绿斑驳的线条中前进，终于连信带地图顺手一丢，自己伏在枕上啜泣了起来。

  从此以后，她不但身体坏，精神也坏了。从前担任三班国文，有时一个星期之内要改一百多本卷子，一天四趟，从家到学校，从学校到家，一点也不觉疲乏。那时她每餐能吃两碗小米饭，至于菜，也只是一点素菜，营养并不好，但是精神好身体好，她看着学生有希望，她也就有希望，就好象有一种力量在支持她，有时改文改到夜里三点，孩子偶尔醒了，——从前还须喂孩子奶，拍拍孩子睡了，回头再继续工作。有时候鸡已开始叫了,她才稍稍休息一回,第二天上课,七点钟以前到校,连讲三点钟,毫无倦容。自从南京政府成立并得到孟坚已动身入川的消息之日起,她算是泄了气,不但动辄疲惫,心脏病也复发了,饭不能吃,觉不能睡,病发时胸部闷塞,呼吸困难,巴不得用刀来把胸膛剖开。下课回来要坐车,到家以后躺在床上便不愿动,更不能熬夜了,因此学生的文卷也不能如期发还,上课自然也不如从前那么能引起兴趣。好在学生知道她有病,更了解她是在一种甚么心绪中,不但对她毫无责难的表示,反而对她更和爱,更恭敬了。但在她个人呢,她觉得这样拖下去不是办法,她心里常想:"与其叫学生对我失望,我还是赶快走开倒好些!"

十一

  在小病中，她感到很久以来所不曾有过的闲静与温柔。李嫂显得特别小心，她连放置器皿也不敢弄出甚么声响，在面前说话都用很低的声音。姥姥一心地照顾孩子，也惟恐孩子扰乱她。她独自睡在床上，因为软弱，因为多少有些晕眩的感觉，便仿佛一个人驾了一只小船在大海里漂着，既有点害怕，也有些喜悦。她觉得一切都离她很远了，学校，家庭，远方的消息，报纸的宣传，一切都从她身边退开，给她自己闪出了一片空阔，恍如独居于荒村小屋中，鸡犬相闻，井臼自操，在空闲中度其残年。其初，她既不能吃饭，也不能睡觉，每到夜间，也只是在一种半睡半醒状态中，因此也就似梦非梦，似想非想。她记得又曾梦到了那个最熟悉的梦境，就是那一座古城，那仿佛是北平，但比北平还古老，还荒远，那里绿树红墙，断壁颓井，应当有游艇的水面上却只漂着萍藻，而应当有车马的道上却只飞着黄土，有些大宅第，门都紧紧地闭着，仿佛主人都已他往或者均已去世。她在这个古城中徘徊低回，好象明明记得这里住着个熟人，却总找不到踪迹，于是暮色苍茫，竟不知何所归止。这个梦对于她太熟悉了，因之就几乎不知其为梦，仿佛从前确曾经到过这样地方，又如曾经在某个小说家的作品里读到过，又似乎在某个颓废诗人的诗章里歌咏过。她曾梦到爬山，那应当是泰山，然而不对，泰山是自下而上直到绝顶都可拾级而上的，而她梦中的山路却是缘着一道瀑布，那瀑布自山顶虎虎而下，水花飞溅，寒气侵人，而她却恰恰缘着瀑布的一边向上攀登，寒冷而恐惧，仿佛登了一阵又陡然滑跌下来，于是她猛然醒了，窗外风雨正急，而她却不曾盖好她的棉被。她疲乏得不知怎样安放自己的身体。

身体渐渐好起来了，她就在床上靠了棉被和枕头坐着，听姥姥对她讲说旧事，心里感到另是一种熨贴。她们不知怎么忽然谈到了去世的父亲。姥姥说，他老人家临去世以前的日子里总是不断的叹气，问他为甚么老是这样叹气呢，他就把眼睛闭起来不理你，仿佛你作了甚么对不起他的事似的。其实可也难怪，他一生辛苦，富贵名利都已享尽，不料晚年来却受了委屈，而又完全是那个不成材的东西——梦华的大哥——荒唐的结果。姥姥现在好象已经悟了人生的道理，总是说：荣华富贵，都只是一时的事情，反不如自自本本过些清俭生活，既可年长日久，又可心安理得。她谈到梦华幼年，她说，有一年爸爸愿意到外边一个大县里去作一任闲官，便到了××县，那里的风俗很特别，每届新年，官太太，和各师爷的太太们，都必须打扮起来坐在二堂上叫老百姓的妇女们来拜贺，俗称"看太太"，她还记得那一天的情形，她那时候还是穿旗装，两边放了很多花生红枣板栗糖食糕饼之类，只要有到二堂上来"看太太"的，两边的差役便把枣粟糖饼从高处往下撒，于是那些老百姓便在地下抢夺，闹得非常热闹，满衙门里都是哗笑声。那时候她就把梦华抱在怀里，不料正在热闹的时候，梦华却在她怀中尿了，把她那最讲究的衣服弄湿了一大片。姥姥一面说着一面笑得咯咯的，并摇着昂昂说："如今又轮到你来尿我的衣服了。"梦华和孩子都笑起来，虽然孩子还不大明白。姥姥又说，那个衙门里最可怕，时常闹鬼，一次老妈子夜里入厕，说看见一个穿蓝布短褂的女人在她前面，那女人只有上身，却不见下半身，仿佛在空中悬着，她以为那女人也是入厕的，但等她到了里面却无影无踪，后来这个老妈子自己把舌头用剪子剪掉了。梦华是相当胆小的，虽然大白天，她还不禁浑身颤栗了一下。

后来她们又谈到那个倾家荡产终于不知所终的大哥，于是话就越说越长，这虽然是从前一再说过的故事，几时提起了也还很有兴致。她们说当时家里曾经请一个老先生教家馆。那个老先生是一个秀才，已经五十多岁了，有一个儿子是个跛脚，就跟同梦华兄弟姊妹在一块攻读。他们当时曾有过很多恶作剧，而这些恶作剧却都是那个大哥主持的。他吃过葡萄，把葡萄皮放在门限上，等那老师进门时就一脚滑倒了，他们都大笑起来，老师却无可如何，因为学生都不怕他，而他却很尊敬学生。小弟妹又听了大哥的话都躲在床下，等那位跛脚师兄一进门就呼号一声从床下钻出来，于是吓得那师兄站也站不稳，跑也跑不动，他们却笑得眼里含着泪。当他们正躲在床下时，一个小妹妹说急着要小解，但也不准出来，就只好尿在老师的床下了。那位大哥也最会欺骗小弟妹们，他说他是大家的首领，自封为大都督，别人都是小卒，必须向大都督进贡，有的送他钱，有的送他吃的东西，譬如几个花生，几块蛋糕，然后他再按贡物的多少封官赐爵，于是有的被封为道台，有的被封为县官，没有贡物的就必须用别的方法替他效劳。但在学业方面这位大都督实在太差，应当作的功课不能如期交卷，还时时请别人替他作。姥姥说那时候显得最聪明最用功的就是梦华，那话中的意思是说，如今这个女儿果然成用了。她又说，当爸爸病重的时候，那位荒唐大哥就更其胆大妄为，在外边另租着小公馆，同当时一个最驰名的女戏子在一块胡混，夜里回来，把家中所藏的珍贵古玩字画都偷出去卖了，所有的男女听差以及省城的侦缉队都知道是大少爷干的，然而也只好装作忙着调查，办案，而终于无可如何。最后她还谈到梦华小时候上学的情形，说为了要把头发梳成种种式样，要梳得极光滑极整齐，每天七点钟去上学，——因为学校去家颇远——五点钟，天还不亮就起来梳头，她曾因此而生过气，并且曾经用鸡毛帚的藤条打过她，问她可还记得，梦华就笑着说，那时候已那么大了，怎么还会不记得！

　　等梦华精神渐渐恢复了，她就再也不愿赖在床上，趁一个晴暖的下午，将近日暮时候，独自到外面去走走，虽然孩子很想跟她同去，但她却托故把孩子留下了，因为她还是想继续享受一些安静，就象一个人没有家累，没有结婚，没有子女，没有职业，象一个人在远方读大学时一样，工作完毕了，便一个人无牵无挂到各处走走。她为了不愿同前院的毛家两位老人打招呼，就特为开了后门，后面临一道河水，她就沿河水慢慢走去。河边的蒲苇之类，长得非常茂盛，她仿佛第一次看见似的，又是喜悦又是惊讶，她想不到时光流逝得这么快，那蒲苇的长叶子仿佛就是在她有病的这几日内才长大起来的。河水很清，长长的荇藻象些飘带似的在水里左右摆动，那摆动的样子好看极了，不快，不慢，不急，不躁，永久是一个向前的姿势，但永久离不开那个生根的地方，于是就尽量地伸展它们的叶子，象些绿色的手臂要捞取远方的甚么事物。她站在河岸上看了很久，觉得自己的身子也随了那荇藻摆动起来，她不觉暗暗一笑，心里念道：正是如此，我又何尝不是永远想走开而又永远走不开，不过徒然地向远方伸出了两只想象的手臂！较远的地方传来捣衣的声音，闻声不见人，那洗衣人该是为一丛绿芜所遮挡，那杵击的声音和流水的声音配合起来，细听时那流水声却并不在目前，原是在稍远的地方有一道泉水，那泉水从一个石虎口中吐出，声势极大，名字就叫黑虎泉，泉水泻入深潭，水呈黑色，与这里的河水也相通，而它的上流据说却远远来自南山，来自一座叫做开元寺的石洞中，那洞里终年滴沥，其声丁东清脆，洞壁上有一棵小小的海棠，枝叶纤细，生命常新，那地方清冷极了。她想到这里不禁打了个微颤，而耳中那杵击声也仿佛更其显得遥遥而不辨方向。远远山头，一个个在日光中都象披了很厚的绿绒，她想到如果用手指去抚摩那些绿绒，一定有一种难言的快感。她继续向前走，听到澎湃的水声，居然有些孩子已经敢下河汩水了，而河岸的对面又竟然有人穿了上下全白的衣服走过，那白色衣服在日光下照耀，她觉得有些太刺眼，于是她微微有点不快之感，以为这样的人也未免太"洋气"了，这又何尝是应当完全穿白色的时令呢？她想她在学生时代往往把这样走在时令前面的人叫做"时代先驱"，而把那应当脱去棉衣而犹未敢脱去的人叫做"时代落伍者"，至于那既不靠前也不落后的，当然是大多数因时制宜，而不标新立异的人。因此她又想到她个人对于季节的感应，有一个时候她很喜欢春天，因为春天繁荣，又有一时她却喜欢秋天，因为秋天衰飒，现在她好象很喜欢夏天，或者就因为夏天既不太繁荣也不太衰飒的缘故。她这样想着，脑子里便有点感到麻烦，而且几天的卧病，稍稍行动也还难免疲乏，便只好寻了原路回来了。

晚间，桓弟特为从公司里回来看她，而且问她明天是不是还要向学校续假，她却说已经不必了，她明天就要到校上课，请假太多了，也容易惹日本人说闲话，如果学校里不发生甚么事倒也还好，万一有点甚么事，那就更容易受责备了。她并且告诉桓弟，她今天出门散步，已觉得完全好了，叫他放心。如果没有别的事，可以早些回公司去，桓弟本来立刻就要走的，走到房门口，却又忽然想起一件事，他急忙转回来报告了下面一件新闻：

昨天晚上新民电影院发生了炸弹案，那是最后一场，已经十点以后了，正在演一个日本片子，当然是表现日本军队的胜利，中国军队的惨败的，刚刚开映不久，忽然轰然一响，一个炸弹爆炸了，登时全场大乱，鬼哭狼嚎，有的被挤死了，有的被压伤了，但那炸弹并未伤人，因为那炸弹爆发开以后却只见满场纸片飞舞，原来里边装的是传单，据说那投弹的是一个青年人，他就坐在最后排，乘混乱中间，不知跑到哪里去了。当时敌伪宪警到处搜捕，各处通了电话，所有路口都不准通过，结果逮捕了几个嫌疑犯，也不问青红皂白，都被日本人活埋了，听说那活埋的情形真是惨极，日本人强迫着那几个青年人自己掘自己的坑穴，假如不掘，就是一阵毒打，掘好之后再自己跳下去直直地站着，然后鬼子们再动手来埋，日本人慢慢向坑里加土，——如果一阵土把头埋起来倒也可以减少些痛苦，但是不，鬼子们慢慢地埋，埋到胸部以上，肺受压迫，不能呼吸，人在土中，挣扎又挣扎不动，半天还有知觉，最后面部发青发紫，瞪眼张嘴，七窍都淌出血来，鬼子们才一笑而散。

姥姥同梦华听了这番报告真个吓得呆了，很久说不出话来，桓弟本该立时走开的，站在那里好象生了根。片刻之后，梦华才问道：

"今天报上可有这个消息？"

"报上？"桓弟说，"几时见报上登过这种消息！"

而姥姥就趁机会说："今天到菜市去，听到有人说，'从今以后电影院是去不得的了'，原来是这么一回事！"

梦华今天晚上本来要早些休息的，但由于桓弟报告了这个消息，又同姥姥谈论了一回，心里只是作恶，无论如何却安息不下。又忽然想到前几天带回家来的学生周记，尚未阅毕，就趁此批阅一下，明天也好发还，免得误了学生补作，好在周记不同作文，不必细改，只要大致看过，写一个阅字就算了。本来学校方面是借此考察学生思想，以便级任先生向教官报告的，但她自从作级任以来，还不曾报告过，偶尔同校长谈起来，顶多也不过只说某某不肯用功，某某不甚活泼，或某某太爱打扮罢了。她既不想向日本人那里献功，所以她看学生周记就往往用了一种很好的心情，因为学生周记中写了很多她不知道的事，从而周记中她也更认识了她的学生。

她打开尚未阅过的那一堆中的第一本，是何曼丽的，她想，第一句大概又是"上帝呀"甚么的，她大致看过去，其中有一段写道：

"我们在天上的父，请你垂听，你这般陷在黑暗中的儿女，窒息般的痛苦,整年整月在黑暗中摸索,而得不到光明!主啊,我们已经痛悔我们的罪过,请你收纳我们,打救我们吧!先将残害人类的魔鬼驱入地狱,再拯救你的儿女!"

她对于这种祷词,虽无多大恶感,——她有一个时候是反对宗教的——却也并无好感,她不耐烦再看。
第二本是×××的,其中有一节记道:

"×先生已点过自习名,班上气闷得很,也十分嘈杂,我和开秀交换着背了《狱中上梁王书》,又和洁一块走出教室来,万里无云,好一片月色,洁为我们说北平的三海,故宫,颐和园,因为她是生在北平的,我和秀都不禁神往。秀忽然念李后主的词道:'晚凉天净月华开,想得玉楼瑶殿影,空照秦淮!'洁竟低了头半天沉默起来,秀和她闹着,将她的头扳起来,她是哭了,脸上一脸的泪。"

她看到这里也不禁凄然。第三本是张文芳的,其中有一段写道:

"在晴空中,有一只苍鹰,悠然地向南飞去,我是多么向往它的去向啊!天晴得一片云也没有,浑然的一片沧海,完整而无缺,更找不出一丝界限。那苍鹰不是在安然稳渡,毫无遮拦吗?我的心神飞越了!我整个的想飞,我飞不起!"

梦华暗自感叹道:这真是一个有情致的孩子啊,就连那字迹也是那么娟秀而挺拔的,她是多么喜欢她,但她又重读这段文字时,却在心里说:悠然地向南飞去,我倒是想偏西一点,不禁好笑。

第四本是××的,她写道:

"这几天没有一块欲雨的云,干燥得厉害,气闷得人喘不出气来。昨夜夜半,风狂雨暴,大雨倾盆,如注如泻,真是倒了天河的样子。风雨把我们惊醒了,芬的床靠着窗子,被子枕头都是水,去和焕合了铺,外边风更狂,雨更急,竟觉得此楼也摇摇欲坠,我们在高呼,'爆炸吧,爆炸吧,来个天翻地覆吧!'外面的雨声在哇哇哇哇的响应着。隔壁的'耳报神'听到了,拿手来击木板壁,焕不屑地啐了一口,将洋烛吹灭,大家躺在床上,哼,等着吧,看明天训育处来提人吧!"

"爆炸吧!爆炸吧!"梦华心里一再念着,她想起了那电影院的炸弹案,想起了那些被活埋的青年!

第五本是刘蕙的,她写道:

"我真怕过普利门,所以我无事不到商埠去。今天是霞结婚的日子,我不得不去参加,我觉得我很对得起霞了,除非她,换个第二人我一定不去,我是对得住朋友的,可是我没法补偿我的损失啊!"

梦华想,这当然是为了不愿给普利门站岗的日本兵行礼。她继续看下去:

"近来觉得无事不出门是对的,哪怕在校中看看小说,消遣过这一日,既可少花钱,又可少生气,岂不一举两得。出门一看,处处不顺眼,处处惹闷气,粉壁墙上的标语,都是绝妙好辞,亏得他们想得出!更有墙上红红绿绿的广告,'大学眼药','老笃眼药',这是很体面的了,还有'六〇六','梅毒一扫光','灭淋','坚肾丸','种子丹'之类,贴得一塌糊涂,这便是他们带来的芬芳的气息,善美的种子!对于一个文明的国家,这美丽的点缀真有些禁当不起!家家门口插着红绿阴阳鱼的黄旗,这旗的取义我百思不得其解,又不敢问老师,只是叫人很容易想起剪纸人画符篆的妖道来,唉,总而言之,你出去一趟,回来至少晚饭不想吃!"

那当然是指太极图的旗子而言,梦华想,可是到底应该怎样解释呢?她也兀自沉吟了一阵。

第六本是×××的,这个女孩子平素不喜多言,文字也最简单,她写道:

"××给我们上体育,太严格了,简直和军队一样,在烈日下一直晒着,好多人都被晒晕了,××却嗤笑我们,说我们体质太坏,连太阳晒都忍不住,实在太可怜了!"

所谓××,梦华想大概是田中教官,这个人,看他老老实实的,想不到也这么厉害。

第七本是胡倩的,不必看名字,只看字迹也可知道是她的,她的字也写得象张飞一般。她写道：

"我看见那奴颜婢膝，胁肩谄笑的人们，便气愤填胸，不禁发指。这般人丧心病狂，不知羞耻为何物，不禁令人想起小说中的故事，能给她们洗洗心肝才好呢！""你看××，脸似蟹壳，望之不似人君，又怎能服众！他的行为证明他是十足的野蛮人种！他把××逼跑了，现在却在×××身上用起功夫来了！"

××当然是指犬养，被逼跑了的是傅迈，而×××又是谁呢？梦华在想象中把许多女孩子思量了一番，但终不能推定犬养看中的是哪一个，她很担心这件事。

接着胡倩又写道：

"××手段真高啊，厚粉下常常藏着阴险的笑，叫她看守我们，还不是黄鼠狼子看鸡！请这个喝红茶呀，请那个吃羊羹呀，可怜的人们，受宠若惊，忘其所以了！不要吃喝糊涂了连梦里的话都说了出来！"

这当然是指石川说的。胡倩的话又多又可怕，但梦华却极愿意读它。当她把胡倩的周记看完了，猛然把本子合上时，却忽然看见那底封面上有一行极模糊的小字，仔细辨认一下，原来是一首童谣，是这样的："老呆瓜，垃头蹲着扒豆渣。只要坐了××官，又有吃来又有穿，坐汽车，住高楼，金子银子不用愁。"梦华不禁叹道："这个胡倩！"

她看着看着终于感到疲倦了，但翻开一本有一段话却特别吸引了她，她又猛然振奋了起来，那个学生写道：

"今天黄老师脸色十分难看，精神坏极了，讲解得没有从前那么精彩，笔记也抄得很少，我们都很担心。下班以后大家都在下面暗暗地讨论，有人说黄老师要这样了，又说要那样了，都惟恐黄老师离开我们。万一她真地不教我们国文了，这学校里也就没有可听的课了。"

她很快的看下去，她的心在跳着，她想：可怜的孩子们，你们以为我怎样呢？你们可曾知道我的苦处？但愿你们能知道一些就好。她的心里非常纷乱，她再也看不下去，她勉强再看一本，而这一本里一段记事却更其扰乱了她，那学生写道：

"某月某日，叔叔在吃饭的时候谈到了一个姓庄的人，这人冒了极大的危险从那边回来了，有人说他应当回来，有人说他绝对不应当回来，有人说他简直冒着生命的危险，有人说他真是一个有情人啊，他们又说还有一个姓米的是同他一齐回来的，他们说了很多新鲜消息。"

"啊！"梦华惊讶了一下，她想这个学生也居然知道庄荷卿的事情，说不定还有一些甚么重要消息，将来能够详细打听一下才好。

她既疲乏，又恼乱，姥姥也早已催促她过，叫她早些休息，以便明日到校上课。她上床睡下了，而且已熄了电灯，但无论如何，不能入睡，她几乎把学生周记中的许多话都默诵了出来，又仿佛看见一个青年人被活埋以后的那惨状，又仿佛觉得自己是在爬那奔流着瀑布似的山路，象她在梦中所梦见的一样。

十二

五月的风是热的,它把青年人的血都吹沸了。她们,由于近来一种过度的苦闷,总在不安定中,她们总把嘴唇闭得紧紧的,仿佛那里就含满了火焰,随时都要爆发,都要烧掉甚么东西,毁掉甚么东西。她们不再细声细气的唱歌,更不再静坐在藤萝架下读古文了,她们在等待,等待一个日子,好把自己的苦闷尽兴倾吐。

"五三"[1],济南惨案纪念日,来到了,当年的炮声曾经惊吓过她们稚弱的灵魂,每年轮到这个日子,她们总听到父母伯叔们谈到那些可怕的事实,生长在受辱的城市中的她们,那屈辱也就一直在她们生命中生长。虽然当时那被大炮轰击过的城墙已经拆去了,改成了环城马路,可是那些古老的泥土下面却还有惨死者的碧血和骸骨,

---

[1] "五三":指"五三惨案",又称"济南惨案"。一九二八年五月三日日本以"保护侨民"为借口出兵侵占济南,恣意杀戮北伐军和济南市民。近万中国军民被屠杀,千余人受伤。

虽然那些墙头上一再地刷上了厚厚的白粉，但白粉却也遮不住人们的眼睛，糊不住人们的耳朵，如今，尤其在敌人统制着的现在，一切已经迷糊了的痕迹都重新复活了，已经腐朽了的白骨也在用了很大的声音向着自己的人民宣说仇恨，这正是所谓：新仇使旧恨复燃了。如今，凡她们行经的地方，都可以指点出来，说当一九二八年的五月三日，这地方曾经发生过甚么惨剧，而今天，这惨剧却演得更普遍，更可怕了，"五三"，那只是一阵暂时的恶劣风暴，而如今，祖国已破碎不堪，自己在敌人欺凌中苟生已经又这么久了。

"五三"过去了，接着就是"五四"，这是青年们自己的节日。

这天早晨，天还不曾亮，她们这一班就完全起床了，她们一齐到了北院的音乐教室里。那是一个非常偏僻的地方，既没有人在那里住宿，除非上音乐课也很少有人到这里来。她们关上门，闭上窗，在刻着五线谱的黑板上用粉笔画了国旗和国父遗像，于是在沉郁的琴声中开起会来。不等把国歌唱完，好多人已经伏在案上泣不成声。其中有一个人，——一直还不知这个人是谁，她站起来说道："同学们，我们实在太苦闷了，我们受的凌辱太多了，我们知道我们这样作是很幼稚的，但我们愿意用这幼稚的举动来表明我们的心尚未全死，我们愿意用这简单的表示来证明我们不忘祖国，我们但愿大家不忘记'五四'这个日子，我们但愿能继续'五四'的精神，永远向前进。我们不敢说话，人家不准我们说话，我们就抱头痛哭吧，就痛痛快快地哭一场吧，我们用痛哭来代替言语！"其实她们早已哭得太痛了，连那个讲话的人也早已泣不成声。太阳出来了，人们醒来了，学校事务员——一个最老实最勤谨的人——照例到各处作一日之中的第一次巡视，他被这场面吓得颤抖起来，然而，他听了学生们的啜泣也流下了两行热泪。他悄悄地走开，不敢惊动她们，而且静静地替她们掩上了那院门，去报告了校长。

"五三"，"五四"这样两个难忘的日子，却被梦华在病中睡了过去。

梦华到校销假之后，首先就被校长请了去。

当校长向她报告了事情的原委之后，她不但感到惊讶，同时也感到问题严重，因为这样重大的事情她竟毫无所知，站在作级任的立场上，就觉得十分为难。那结果却出乎她的意料之外，校长还是那一贯的态度，不但对她毫无责难，毫无不快之感，反而惟恐她不安，惟恐她自己引咎。校长为了安慰她，开始就提出这事实的责任问题不在校内，而在校外，据说学生们实在是受了外人的鼓动，甚至说有外人参加到学生中来开会，更进而疑惑作主席讲话的就不是本校的学生。至于谈到教官们对于这事的态度，校长又躬下了腰，却仰起了脸，又舔一舔他的花嘴唇，象说一种最亲切最知己的话似地，说日本人的态度近来可能有点改变了，他们觉得从前的办法行不通，就想改用怀柔政策，尤其在教育界，在学校里，他们不愿过分刺激知识分子，更不愿轻易惹青年学生，其实他们也许是压迫与怀柔同时并用，只是看在甚么场合，而这也正是学校当局的态度。何况教官是只想向特务机关表功，也就不愿意受特务机关的责备，事情只要不闹得太大，他们也落得不问，因为学校无事才正是他们的功劳，一旦有事却正足以证明他们的手段不够高，他们监视得不够严密。"但是有一点必须注意，"校长挺起了腰肢，并用他的肥大手掌搔着他那光秃的脑袋，"过去的尽管过去，未来的却不能再来，以后如再有这类事，我们却要负一部分责任。"校长结束了他的谈话，而他的意思也就等于说：以后这一班学生如再有这类事情发生，梦华是要负其全责的，这一点梦华也听得明白。但她对于这话并未感到多大压力，因为她心里的反应则是："未来？难道还有甚么未来吗？"

她刚从校长室回到自己的房间，石川那边的工友却也来告诉，说石川教官请她去吃茶。她这一次却真正不耐烦了，她想：我这样被人牵来牵去，难道我是一条狗吗？或者我是一个罪人，被推来推去地审问？然而既在学校，又不在上课时间，也就不能有所推诿。

当她即将走近石川的房间时，就听到她的房间里有咿哩哇啦的谈话声，完全是日文，而且有放肆的哗笑，再向前走，和她正碰了个对面的乃是犬养，他急急匆匆地从石川房内走出来，并没有顾得同梦华打招呼。在屋里等候她的是石川和日文教员，很显然地，日文教员是为作谈话的翻译而来的，犬养之来也一定有甚么商量或嘱咐，她感到这里有甚么阴谋在进行。

石川的客气一如往昔，甚至比从前还更客气些。牛奶，可可，红茶，糖果，糕点，都已摆了出来，但一直并未动用，明明是只为了招待梦华而设的，等梦华也落了坐，石川才让客人动用茶点，当然连那个作翻译的日文教员也在内。在这种场合，梦华的思想却格外的清醒，她面对着茶点，居然心里暗记起了那个学生的周记：红茶呀，羊羹呀，可怜的人们，不要吃糊涂了，连梦里的话都说出来！她当然不是那样的人，但那学生的几句话却着实有力量，她就感到如同站在一处悬崖上一样，有一失足即坠落下去的危险。

石川的谈话开始了，那显然是预先想定了的。她并不先提及学生们的事，却先问及梦华的病况，问到睡眠，问到饮食，问到医药，并说了种种应当注意的事项，显得非常关切，非常系念。问完了梦华的病况，她又一再地向梦华致谢，说二年级的级任工作，完全由梦华偏劳，她非常感激，又极端惭愧，又说学生们如何敬重梦华，说她的教课如何为学生所欢迎，所以能领导学生，管理学生。她这些话都象背书似地一句句说出来，又由日文教员转译给梦华，但在梦华听来，这些话都正是语意双关，那捧场的地方正是骂她，那感谢的地方正是责备，上一次胡倩涂抹牌示的事，石川自然不提，而今次学生纪念"五四"的事又一字不提，这不提正是暗提，说明了她是知道得很清楚的，梦华更应当知道，而且应当负责。石川这一番话叫梦华颇难回答，她既不能完全沉默，就只好含糊其词，结果却苦了那个作翻译的日文教员，他时时因为不明白梦华的真意而不知如何翻译，于是又一再向梦华追问，其情形有如追问一个罪人的口供，她觉得很窘。

最后，石川谈到了学生，说学生很可爱，但难免有幼稚的行动，这是应当注意的。她说她愿意帮同梦华共同负责，纳学生于正轨，以免发生甚么不便的事故。说到这里，算是入了正题，于是那个日文教员，就故意重复石川的话，仿佛惟恐梦华听不明白似的。正经的事情谈完了，接着是片刻的沉默。当梦华正要辞退的时候，石川却又在那敷了一层厚粉的面皮上做出了微笑，说以后希望她保重身体，说以后还要到梦华府上去拜望老太太，去看小弟弟，去谈谈家常。当梦华正走在回自己房间的路上时心里想道："见鬼呀，你要侦察我的，你要看看我有甚么秘密，你尽管来吧！"她自然是想到了孟坚，她想石川他们该是一切都明白了的。

颓然地坐在椅子上，她疲乏极了。她是多么愿意躺下去啊，即便是在她面前的地上，但隔了不多久，上课铃响了，她必须到二年级去上课。

她将对学生说些甚么呢？她是否可以装作不知道？然而校长的意思，石川的意思，总是讽示她，应当劝告学生，以后再不可发生同样的事件，她想，这一点她必须做到，因为这不但为了她自己，也为了学生们，她担心学生们会吃大亏的，虽然石川一字不提，虽然犬养并无表示，但一切都须有一个限度，到无可如何时，这些阴险的刽子手是不会把人家放过的。为了学生，诚然，然而要叫学生怎么样呢？凭了自己良心，自然是愿青年们的心还活着，但愿她们虽然在死的空气里还不至于麻木不仁，那么，她们那虽说幼稚的举动不正是不死的表现吗？她又想起了前任级任先生的结局，又想起了前一次为胡倩擦掉石川名字的一段经过，想起了她上一次对学生们所说的话，难道今次她还要讲那么一段话吗？这些话的真正用意何在？它的效用是甚么？她不但怀疑了她自己的话，她也怀疑了她自己的地位，她觉得她是一种模糊的存在，她存在于两种力量之间，一种是敌伪的黑暗势力，阴险，诡诈，残暴而无餍足；一种是学生们的力量，纯洁，驯良，热烈而有希望。但是她个人呢？为了生活，或为了其它，而来作这种职业，她的心是向着学生的，然而在不知不觉之中，她岂不又站在了敌人一方面！这时候她又想起孟坚的来信，想起了他的含含糊糊的议论，但她此刻已觉得并不含糊了。她在自己矛盾，自己怀疑，自己责备的心情中登上了讲台，学生们看见她进来了，个个脸上带着微笑，那明明是庆幸她的康复，但看了她的衰弱而仓皇的神色，大家却又慢慢地俯下了头。她于稍稍沉默之后，说道：

"同学们,我们相处已经不为不久了,我们在各方面都已十分熟悉。记得我初到这个学校时,我们虽然互不认识,但我看见了你们,我的感情就一直向着你们,我的心很快地就溶化在你们中间了。我们行了开学礼,我既庆幸你们有了求学的机会,又不能不担心着你们未来的命运。而现在你们的命运究竟是怎样的呢?我苦于找不到适当的言词向你们吐诉,我只能打一个比喻以便说明:我曾经在泰山下住过几年,我看到那山上的松树而受了很深的感动。那山石荒瘠干枯,抛一粒种子在那里,很难望它能够发芽生长,可是那些松树,它们把根柢插在石罅中,而一直在生长,我不禁暗暗地叹服它们生命的强韧,无论甚么遇到了它,都会失去作用。你们看啊,满山怪石林立,巉崖峥嵘,仿佛整个山岳都是一种力量,这力量一直向那松树挤压而来,而它们是怎样地来对付这个环境呢?它们只是深深地扎根在石块里,它们长啊,长啊,你越压,我越长,以致把石头都长裂了,石头变成了碎粉,变成了尘土,而它们却不声不响,昂了头,睥睨地向着天空……"

她的话还不曾说完,一阵晕眩,她不能自主地倒下去了。

十三

　　关于庄荷卿的惨剧，忽然传遍了全城，尤其是教育界，学校里，大家都纷纷地谈论，而梦华是早就对于这件事存着一番好奇心的，但并没有机会探听，到了现在，由于这故事已经演到了结局，由于大家的传说，由于她从前院的毛老先生和毛老太太，从学校中在那周记中曾提到庄荷卿的学生，更其是从洪太太那里，她才完全知道了事情的原委。洪太太是从一个姓温的那里当面听说的，这姓温的是洪思远的中学同学，又是庄荷卿的大学同系，但自从地方沦陷以后，他就离开了教育界，因为自己有几间街面上的房子，又因为自己平日有些积蓄，便剪掉了头上的长发，留起一撮日本式的小胡子，在自己的房子上经营起了小本生意。庄荷卿归来后曾经一再地同他谈到自己的恋爱，并谈到了他在郧阳的情形，所以洪太太从温子升那里听来的消息是最为可靠的。

庄荷卿是一个生性孤僻的人。他在大学时候是专门研究商学的，除了计算数目以外，他几乎甚么事都不关心，这也就更造成了他的狭隘与固执。他的家庭是非常富裕的，因此从来不会感到过匮乏，也就从来不知道有所求于他人，但如果别人有求于他，譬如借些零用钱，或托他帮助些小困难之类，他也从来不肯答应，遇到这类情形，他又总不肯明白拒绝，只是如同不曾看见你的脸色，如同不曾听到你的声音，总之，以不理会为拒斥一切不情愿费力的要求。时日既久，新旧朋友都已了然他这种处世态度，自然也就不再自讨没趣。他生得既高大而又肥硕，实在应当算是一个魁梧的丈夫，但由于他太过于爱好装束，尤其是在他头发的式样和颜面光泽上，不但把那丈夫气抵消了，反倒添了很多女人的情态。他最喜欢穿的是中式的裤褂，而且多是丝料的，软软的黄色鹿皮底中式布鞋，总是有两双或三双在脚上交替着，从不见些尘土和泥滓，这样，走起路来虽然也有些飘飘然，但由于他的眼光总是向下窥探或是悄悄地向两边睥睨，他的飘然之致就含了几分偎琐[1]的成分。象这样的一种气派，自然也许为某些人所不喜，但有一派青年女人却特别愿意同他亲近，何况这位庄某在朋友们中间虽然不免吝啬，但在女人面前却实在非常的豪华，那位既是同乡又是在大学同学，毕业后又同在一个地方工作的施小姐，就是既慕其身世，又爱上了他的豪华的一个人，然而所遇非时，他们订婚刚刚不久，芦沟桥的大炮就响起来了。在女的这一方面，一切问题都非常简单，她绝不因为战争的到来而离开她的家庭，因为她在家庭中间有很好的享受，而参加战时工作，

---

[1] 偎琐：猥琐。"偎"通"猥"。

或者跟从学校流亡，那是太痛苦而且也太危险了。至于庄荷卿问题就非常不容易解决。最初，他极力劝说她，希望她一起跟学校迁徙，他自然有一套很好的理论，而这也正是那时大家所知道的，所常常听到看到的理论，但是甚么国家民族之类的大帽子，象施小姐这样的人是绝不喜欢接受的，她不听他的。后来他就想，他应当留在家里，他应当陪伴她，他们本来说定于订婚之后半年或一年就要结婚的，那就不如暂时留下，等结过婚以后再说。但别些人的意见却又不然，连政府的号召也是说：战时教育绝对不能停止，学校，教员，学生，应尽量向后方疏散，假如留在沦陷区内，那就只有等待敌人的侮辱与杀害，敌人对于我们的知识分子是深恶痛绝的，经过这么一番宣传与酝酿，于是他心里想道："难道我不是知识分子吗？"就象他在女人面前才特别意识到他是一个英雄一样，只有在敌人即将到来的时候他才特别意识到他是国家的一个优秀人物，敌人之一定要杀他，那是毫无疑义的。他觉得恐惧起来，觉得非走不可了。一面是生命的威胁，一面是爱人的留恋，而结果还是生命要紧，因为没有生命时，爱情也就无谓了，他就哭哭啼啼地同他的爱人分别了，虽然当他上了最后一列火车，当火车就要开出时，他也还是犹豫不决的。

他同雷孟坚洪思远本来不是在一个学校的，等到出了省境，许多不同的学校才完全集合了起来，成为一个整体的新组织。但庄荷卿同他们却并不怎么谈得来，也正如他在大学时候是一样，他的意见总时常和大家的不一样。他们在郧阳地方安定下来以后，也就时常得到一些家乡的消息，因为在正式的通信里既然不敢写什么事实，所得的消息也只是凭了各方面的传闻。当人家说敌人在故乡如何残暴，留在沦陷区的人是如何的痛苦时，庄荷卿就提出了相反的消息，原来他由于一种特殊心情，是只相信了好消息，却绝不相信坏消息的，而当人家谈到抗战的前途，说抗战一定胜利，光明就在前边时，他就说不见得，说大家在外面奔波只是徒然地吃苦罢了。当别人也在等待一些更好的机会，以便参加到其它战时工作中，或并无所等待，只是在各人应分尽的教育责任上时时要求进步要求新鲜时，他却只是把他所教的数学工作看作一种无聊的勾当，一种吃逃难饭的工具，积压了成堆的学生练习，他不去批改，却只于无聊时照了一本从当地图书馆里借出来的《书法大全》在写他的悬腕大字，他原是用了这方法来消磨时间，来支持他的长期等待，他所等待的不是别的，乃是回家的机会，和一同回家的旅伴。他的爱人一再写信催他回去，到了最后竟用了决绝的口气说道："假如你再不回来，我就不能等你了！"

他终于等到了一个机会：既已打听明白了归家的路线，又得到了一个同志，一个同行的伴侣，这个人就是米绍棠。

米绍棠本来只是一个中学毕业的学生，在抗战前，不知受了一种甚么短期的特别训练，居然在一个中学校里担任起了训育工作。他生在农村的小康之家，由于颇善活动，一九二七年以后就参加了所谓"革命"团体，他的目的却是在一乡一县之中为老百姓所尊重，所敬畏，并能由于权势地位的方便，可以增加自己一些田产物业，使自己儿女结得一门有钱有名人家的婚姻，那就于愿已足了。而结果他也并未失望，他终于作了县党部的委员，他仰着他的铁青色的扁形面孔在县城的灰土道上昂然的走着，一面左顾右盼，一面回答人家给他的敬礼。自从他作了委员，他的家里也就不断地有人送礼品，也时常有人来托他父亲去关说人情，办理诉讼，就连他一个本房叔叔，在牲畜市上买了人家一头黄牛，当人家向他索取现款时，他却说："难道我这委员的叔叔还会不给钱吗？你如逼得紧，就到县党部里向我的侄子去要！"这番话自然很有效力，那卖牛的人以后就只好等他的高兴，而县党部委员的这个叔叔大人的势力，便在这一方老百姓中膨大了起来。然而倒了霉的却是委员的父亲，不知因为甚么，竟被自己的委员儿子到县政府去告了一状，县长就把这位委员的老太爷关进了黑屋子，县长说："既然是米委员的意思，那当然是非办不可。"至于米委员本身呢，好象表示他大公无私，就是自己的父亲犯了法，也是绝不留情，后来还是由地方上绅士长老们说情，才把他那莫名其妙的父亲放了出来。但这个老人由于太受委屈，到家不久就一病不起了。

抗战以后，他毫不犹豫地跟同学校向后方迁移，他相信在这种大变动中可以抓住更好的上进机会，不料他所获得的却是吃不饱与睡不暖，他完全失望了。他那光光的脑袋两边本来突出着象牛角似的两块骨头，流亡以来这两块突出的骨头显得更突出了，那青色的扁形脸孔上又总是象洗不净似地冒着一种油腻。他本来就没有甚么功课，战时青年学生又不大受人们管束，他就天天用肥厚的大手掌拍着自己的大肚皮，不但拍击出波波的声音，以怡悦自己的听觉，并且拍出不少混了汗污的黑色小泥粒，以炫示这一举动的成绩，而他心里所想的也就是：还是回家去吧，到自己的家乡，既可吃得饱，又可睡得暖，最重要的当然是老婆孩子的团聚。

同庄荷卿既是志同道合，自然常在一块谈论，他们最关心的自然莫过于战事的消息，因为从战事的转移上，可以知道哪一条道路可以不至于碰到火线，其次所注意的就是从沦陷区逃出来的人，或者因为工作上的必要而从战线上回来的人，每逢这种机会，他们一定切实打听一番，他们的主要目的还是在于归家的道路。

　　他们的行期决定了，这在那个流亡团体中算是一件大事，一方面是大家虽不肯象他们一样走回头路，但怀念家园之情是人人都有的，现在看到有人要回去，自不免引起许多思想与情感，另一方面则关于走回头路的是非问题也引起了许多议论，而事情本身的危险性也使大家把这件事看得相当重大。但对于这问题看得很简单，觉得实在没思虑之必要的人也不是没有，所以到了有些人提议举行一次大聚餐来为他们两个送行时，就有些人置之不理，既不参加这种提议，也不出席聚餐会的，就是雷孟坚洪思远等人。他们的聚餐是很热闹的，他们还吃了不少的酒，仿佛是在送两个凯旋的将军，因为他们实在很难有这么一个机会，何况他们还都充满了情感。据那个向洪太太转述这些情形的温子升说，庄荷卿亲口对他说过，那些不回来的人，其实也不是不想家，也不是不愿意回来和女人孩子团聚，只是没有这种回来的勇气，没有这种冒险的精神罢了，那意思自然就表明了他是勇敢而有冒险精神的。在那次送别的酒席中间，他们所谈的自然是归途中的事，也有人居然用了玩笑态度问道："庄荷卿回去是为了女人，为了结婚生孩子，绍棠回去又是为了甚么呢？"于是那位已经吃得半醉的米绍棠由于太过兴奋，就把心里的话完全说了出来："我回去是为了大小作个官儿。"但接着就有人问道："老兄，你作哪一方面的官呢？作正牌的？还是作伪牌的？"他也就用了一种半真半假的玩笑态度说："那却很难说，你以为我会作甚么牌的呢？"席散之后，他们还要向人们一一地辞别，就是连那些不曾出席送别的人他们也不见外，庄荷卿就曾问过雷孟坚有没有口信可以捎给家里，孟坚的回答很简单，不过让家里知道在外平安而已，这也就是庄荷卿到达济南以后曾经到过毛家，并说要看看黄梦华的来历。而当他以同样的话向洪思远道别时，洪思远的回答却更其简单而空虚："没有可说的。"

他们两个一同回到了省城，然后米绍棠再自己回到了故乡。他到了他当年曾经作过县党部委员的县城里作了那一县的县长，这是一个已经沦陷的县份，这里直接受伪组织的省政府所管辖，伪组织是直接听日本人的命令的，到这时候，他究竟要作甚么牌的官这个问题，才算有了确切的解答。他非常满意，还比他当年作委员时荣耀得多了，他的儿子成了少爷，他的女儿成了小姐，而他的缠小脚梳发髻的女人就是夫人。可惜他的母亲早已去世，他那可怜父亲的坟头已经长了成抱的大树，而他那势倾一时的叔叔也得了瘫痪症，除了消化排泄以外任何事也不能做了。然而好景不长，等这地方的游击队攻击县城时，他竟没能跑得开，他被游击队捉住了，那结果自然是很简单的。其实那游击队中有不少是他的熟人，然而这些人却绝不饶他，因为当年他作县委员时曾经用种种罪名来榨取并欺凌过这些很好的人民。

庄荷卿的婚事也生了变故。其初那个施小姐又何尝不是念着他，但看看战争是毫无结束的希望，远水又不解近渴，她不再糊涂，一半出于她的情愿，一半也由于逼迫，她同一个日本军官要好起来，这样，她不但住在这里有了保障，连她的家族亲朋都可以高枕无忧，而且那军官还答应将来可以带她到日本去生活。她是多么喜欢日本的自然风景，多么喜欢日本的风俗人情，她当然更喜欢那里的生活享受。在她想来，战争，就尽管打下去吧，万一忽然结束了，自己的问题又将如何了结。她度量庄荷卿是绝不会从后方回到沦陷区的，她就写了那最后的决绝信，不料庄荷卿竟然回来了，他回来后明明知道已经有了变故，但他却不肯死心，他还要固执，他估量他自己绝不是那日本军官的对手，而他所最担心的就是他曾经跟随学校迁移这一个大缺点，因为这在日本人看起来是罪不容恕的，而最有效的补救方法就是赶快加入伪组织，只要到伪政府机关谋得一官半职，那也就一切有了保障。于是等那日本军官带了他的未婚妻去青岛时，他就追到了青岛，他们又转到天津时，他也就追到了天津。这在那个日本军官看来真是太容易解决的问题，然而那女人却还不肯，她说她不忍见他有一个太悲惨的下场，他到底是她曾经爱过的，她反而提出一个意见，愿意大家和好，大家作朋友，因为大家都为"东亚新秩序"和"中日共存共荣"而尽力，等大家和好了，然后她再劝他，希望他能完成她的幸福，而她，还有那个日本军官，对于庄荷卿一定有最好的报答。于是他们同到了济南，庄荷卿自然也回来了，以后他们三个就时常在一起，那个日本军官还一再表示宽大，希望用自己的宽大取得对方的让步，庄荷卿既不肯让步，那日本军官自然也就不再宽大，结果是检举，搜查，逮捕，枪杀，一场风波乃得以结束。据说那军官带了特务人员到庄荷卿那里搜查时，还居然查出一个反动的佐证，那是一本书：《书法大全》，那是一本古今名人书法的样本，其中每个书法家每种字体都有说明。这是庄荷卿在后方时由地方的图书馆里借出来的，那图书馆的图记也还清清楚楚，他自从到了那地方便借了这本书，一直便不曾归还。那地方图书馆里藏书颇多，但平日也无人借阅，等到这一批外方人逃难来了，人家特为开放,特别通融,不但每人可以续借三次,而且不需交纳押金,这对于流亡的学生们尤其方便。庄荷卿自从借到这书,日日研摩,他的书法也居然大有进步。他临到离开那地方时,本来是说任何书籍文字都不能携带以免路上检查有危险的,但不知他究竟用了甚么方法,竟然把它带了回来,虽然他归来后便无暇写他的悬腕大字,但那本书也还连同了他的旧日存书放在一起,整整齐齐地放在书架上。而正当检查时那书里还掉出一张名片,那是他在郧阳时一个作军队政治工作的朋友去拜访他的时候留下的,片子上边不但写了"拜候荷卿兄",而且那个人的官衔也堂堂皇皇地印在上边,是某某军政治部主任。从前在郧阳时这名片就夹在《书法大全》里,不但当作书签,而且也是一种荣耀,甚至说他若想在军队中作官也还是有门路的,这个政治部主任就可以为他设法。但是想不到这本书里的这个名片竟成了他通"敌"的佐证。

当庄荷卿的结局传遍了全市,不但增加了多少渲染,多少编造,而且议论也极其纷杂。但大多数人却总以为那女人太不应该,简直毫无心肝,罪不容恕。至于庄荷卿一方面,不但很少有人责备他,反而都同情他,说他真是忠于爱情的,而且冒了极大的危险,为了那个女人而归来,实在可以算是一种侠义行为。

当温子升向洪太太谈到庄荷卿的事件时,他的结论是,际此时会,出去流亡自然是非常痛苦,但既已出去了,也就不必再回来,因为回来了比不回来更其危险。最好,当然就是象他一样,留在家里,脱离教育界,隐身于市尘中,对于国家民族说,虽然无功,却也无罪,因为他根本不曾"下海",等抗战结束了,如果高兴,他还是照常可以用"知识分子"的身份而出现，反正留在沦陷区的逃到后方的都是自己的朋友，谁也不会抹掉他，而他现在却可以明哲保身，而且可以逐什一之利以维持一家人的舒服生活，如果将来不愿意再过教育界那种清苦生活，也就可以在商业经营中过此一生。从四面八方说起来，他所取的乃是最上上策，虽然他并没有说明：他那光头和日本小胡子是不是也是他那最上上策的一部分。

当洪太太向梦华转诉温子升关于庄荷卿的谈话时，洪太太的结论是：罢呀，让他们在外边的在外边好啦，路上既不易走，到家后又难免发生意外的乱子，虽然自己是作了母亲的人，自然不会象庄荷卿的未婚妻那样，但他们即使安全回来了，谁又敢保不再自己惹祸呢？活在这个环境，甚么地方都是火星，不管你是一句话，不管你是一举足，都有碰到火上的危险，至于他们在外边无论如何胡来，甚至再去恋爱结婚，生男育女，八百年不来家信，她也不能过问了。她的话又用了一阵爆发的笑声作为结束，但梦华看得明白，她的笑声正是为了遮掩她的眼泪。

一天傍晚，梦华从学校回家，走过毛家的前院时，正遇到毛老先生在那里散步，他又向她谈起了庄荷卿的故事，并十分慨叹地说，庄荷卿刚刚回来的时候，他们正在为他庆幸，当他第一次也就是最后一次到他家里来时，他们还在同他开玩笑，说要怎样吃他的喜酒，并希望他能把他那未婚妻带到家里来认识一番，这仿佛还只是昨天的事，却不料演变到这地步。其初，毛老先生说，他还深怪雷先生为甚么不同庄荷卿一块儿回来，现在却又另当别论了。

当姥姥从毛老太太那里听到庄荷卿被害的原委，于茶余饭后同梦华闲谈起这件事时，虽一面为那庄某惋惜，但总也带点玩笑意味说姓庄的到毛老先生家来时，本来是说那个钟某人病了三天便去世了，梦华误听，还回到自己房间里大哭一场，真是叫人又好笑又好气。如今这个姓庄的回来不过三个月光景，却不但丢了媳妇，也丢了性命。

至于梦华个人，她只是听人家谈说，听人家议论，她自己反而沉默起来，她时常把雷孟坚最近那封信取出来一再阅读，那文字虽极简单，她却看见了丰富的意义，她又时常打开地图来愉悦她自己的想象，她想象一群人在一条悠长的道路上前进，有一天这些人在一个地方停下来了，就有一个最重要的消息从天空，从山间，从水路或陆路上辗转复辗转，而终于落入她的手中，她多么希望这个消息来给她作一个最后的决定。

十四

　　临到放暑假的前两个星期,梦华又去看洪太太。
　　她一面走着,一面思索,她见了洪太太应该怎样开始她的谈话。现在是一切还不曾决定,等真地完全决定了,也许反而不能随便谈了,洪太太之不能和她同行,那是很明白的事,然而这事是必须同洪太太谈一下的,假设自己悄悄地走了,不让洪太太知道,那不但对不住洪太太,而且到那边见了洪思远也将无话可说,她又知道洪太太是口快心直的人,万一她在外边随便讲出去,那就极不方便。那么现在就权当一个笑话说一下,而且先把庄荷卿的事情当一个谈话的引子。
　　但等她见到了洪太太,才知道她的话已无从说起。上一次她来的时候,还见洪太太的小姑娘在家里跑来跑去,一回儿唱唱,一回儿笑笑,前几天却由于一种急症死去了,如今只剩下一个十一二岁的姐姐,不但那幼稚的脸面上变得非常削瘦,而且也完全是不胜寂寞哀愁的样子，一回儿到上房去看看卧病的祖母，一回儿听妈妈吩咐作一些小事，她的驯良，她的乖觉，叫人看了更觉得无限爱怜。

洪太太见到梦华，就紧紧地握住了她的手，哭哭啼啼地诉说起来。梦华想，这个打击太大了。她看她那哀愁怨尤的样子，简直再不象她所素知的洪太太。

"这有甚么办法呢？"她连眼泪也不去揩拭，一直握住梦华的手说，"人家在外边逍遥自在，千斤的担子完全压在我一个女人的肩上，我又怎么担得起！前些天，母亲的病忽然加重了，照顾了老的就照顾不了小的，是我把孩子的病耽误了，假如早些天把孩子送到医院里，就是多花费几个钱，我可以省心，专伺候老年人，孩子的命也可以有救。孩子临死也还记着爸爸。问她可想爸爸回来吗，孩子无力地点点头，而且眼里含满了泪水。这件塌天的大祸我还一直瞒着母亲，我不敢让她老人家知道，万一知道了，岂不又将增加她的痛苦，但这是能永远瞒得住的事吗？万一知道了，还一定要埋怨下来，说我好好地把孩子送了一死！"

她终于放开了梦华的手，并去揩一下她的鼻涕，稍稍停顿一下，又望一眼她的大女儿，接着说道：

"反正孩子是我肚子里生的，我不是后娘，无奈那个作父亲的可也太无人心了，这件事我本想写信告诉他的，后来又想，算了罢，他既不来信，我又何必去扰乱他，万一他知道了，还不是一样的说我糟踏了他的孩子。好在这是孩子，若是老人家一有差失，那叫我如何担受？我这不孝的罪名恐怕跳到黄河里也洗不清了。人家总是国家呀，民族呀，抗战啊，革命啊，好的，把自己的家完全置之不顾，早晚把这些人的命都革掉了，那才算本领！"

她再也不能抑制，竟象对于自己亲人一般，于痛快地发泄过一阵之后，就伏在案上呜咽起来，她的大女儿也兀自倚在房门边落泪，梦华的眼睛也不觉潮润起来。而在洪太太的抽泣声中，她还偶尔听到上房里传来病人的呻吟声。

她想设法安慰她一番，但又找不出甚么可说的话来，等到洪太太的啜泣停止了，她才长长地叹息一声，算是表示了她的同情。

洪太太看见她的大女儿还在一旁抹眼泪，就又用了非常哀婉的声音：

"你到上房去看看奶奶吧，她老人家是一会不见人就要叫的。黄姨不是外人，也不必伺候。"

等孩子迟迟地去了，洪太太才又谈到了那小孩子的病情。她说她只担心孩子是霍乱，万一是霍乱，那不但要传染全家，恐怕还要惹出更大的祸患。据说，最近有人刚从天津回来，说天津已经发现了真性霍乱。鬼子们是最怕霍乱的，他们为了预防霍乱，每个市民都被逼着去打预防针，如果随身不带防疫证，是任何地方不准通行的。那里每个十字街口都放了桌子，药针，凡是从那里走过的，日本兵便拉过来打针，应当分三次注射的，一次都注射完，凡打过针的人，胳膊肿得象碗口一般，又是发烧，又是呕吐，好象生了一场大病。有些人因此不敢出门了，可是躲在家里也不中用，鬼子们是会到家里来检查的。其实这也不错，打针原是为了免疫，最可怕的是他们把别的病也当作霍乱。听说天津某街上有一个人家，一个小孩患了肠胃病，不过只是轻轻地吐泻，鬼子却说是霍乱，又说霍乱是不会医好的，为了免得传染，就把孩子强拉到郊外的化人场里去火化，那孩子的母亲死也不放手，鬼子终于把孩子投到火里了，母亲也就跟着投到火里，火越烧越烈，母亲孩子抱得紧紧的，及等烧焦了，孩子还是紧紧地抱在母亲的怀里。以后凡发现了类似霍乱的，就一律烧死，连衣服被褥也完全烧光。而且，那条街上有了患霍乱症的，那条街便断绝了交通，直等七八天以后才能恢复，这样一来，少米无柴的人家也都只好困在家里，只挨饿也就饿死了。又听说，有一次津浦车上有一个第一次坐火车的乡下女人，因为晕车，竟然在车上呕吐起来，鬼子认为是霍乱，于是一刻也不能停留，就把那女人拉到车头的锅炉里去烧化，听那惨叫的声音好象鬼嚎一般，结果满车的人都哭起来，这一列车竟变成了一列丧车。

等梦华又问到老太太的病况时，洪太太稍稍沉默了一会，仿佛不知道应当如何说才好似地，终于低声说道：

"这真是难言啊！人是上了年纪了，病得日子也太久，要说到底有甚么希望，这简直不能说，不过只是磨难我这个罪人罢了，她成天成夜的想儿子，盼儿子回来，说几时儿子回来了，她死也将瞑目，仿佛有多少冤枉话要对儿子说了才算。她又不断地问到她儿子的消息，问来信没有，我自然不能说没有信，她不但要我讲信里的话给她听，而且还要亲自看信，根本没有信，这叫人又有甚么办法？可是她老人家偏想得奇怪，她以为她儿子给我来了信，说了甚么贴己话，见不得人，尤其是背着她，这就有理也说不清了！"

等洪太太的激动渐渐平复了，她们的话题才又从流亡者的迁移谈到庄荷卿的事件。她们现在有了一种共同的意见，就是庄荷卿实在不应当冒险回来，都说，留在这里的人已经是无可如何，为甚么既已逃出去的还要回来送死。于是话题又引到一件新闻上去。洪太太说，她昨天才听见一个邻居告诉：商埠二马路纬四路上有一个张立才，他为了在外边姘女人的纠缠得罪了无赖，结果竟遭了毒手。有一天半夜里一点多钟，满街上站了岗断绝了交通，他的住宅早已被敌兵包围了。鬼子兵把大门打开，不由分说就把张立才捉住，那年青人一看凶多吉少，回头就对他七十多岁的老爹说："爹，你自己好好保重吧，我恐怕不能送你老人家的终了！"他吓得脸色苍白，两条腿抖得不能站立，屎尿都泄在裤子里。他老爹早已晕倒在地下，他的妻子抱住他，哭着喊着，怎么也不放，鬼子一脚就把她踢得很远，然后将张立才塞到大卡车里就运走了。张立才一去无消息，急得他老爹见了人就磕头，希望人家帮他的忙，但连个下落也无从打听，后来他老爹又托了人在南门外等着，看每天用大汽车装出去枪毙的那些人里边有没有他儿子，虽然每天有这样的车开出去，但终于不曾见他儿子的影子。张立才的妻子，早已痛苦得神经错乱，她心里烦乱，一闭眼睛就看见一个满头是血的人站在她面前，就连求神问卜，也是凶多吉少。她已经多少夜不曾入睡，眼里网满了血丝，脸上却一点血色也没有，她只是直瞪着两眼，自言自语，如有所见，她把自己的衣服撕得一片一片的，露出了她那血淋淋满是爪痕的胸膛。有时也稍稍安静下来，逢人就哭哭啼啼地哀诉，说她但愿得一个正确的消息，她实在不能忍受了。最后终于托人打听到了消息，知道是关在了哪一部分，但是不能见面，也不互通消息，等到托人捎了几件衣服去以后，说是已经送到了，家里人这才稍稍放心。这样一直等了一个多月，才又从一个同时被难的人口里听说，张立才在半月以前一个夜里就拉出去砍了，这个人是托请了一个有势力的人才被释放出来的，他曾同张立才关在一个屋子里，而且亲眼看见张立才被提了出去，至于张立才的尸首，那当然是无从寻觅。张立才的妻子得了这个消息以后，倒完全清醒了过来，她不哭不叫，非常安静，并且在自己房间里设了死者的灵位，一日三时祭奠，几天以后，在一个狂风暴雨的夜里，她也悬梁自尽了。

洪太太的话刚说到这里，就听见她的大女儿在上房里喊她的声音，她去了片刻又即刻转回来，张着两只刚刚洗过而犹未揩干的手叹息道："真是没有办法呀！"

等梦华问她老太太喊她有甚么事时，她一面揩着手一面回答说：

"甚么事！还不是弄屎尿罢了，她老人家身子不能动，一个小孩子还是办不了事！"

梦华刚刚想要向她提出甚么问话，她却仿佛忽然想了起来似的问道：

"雷太太，你们学校的事到底怎么办呢？人家说学生对你很好，那几个日本教官却只想对付你，他们在背后谈得很多，甚至连雷先生的事也提了出来，还有甚么学生的周记甚么的！"她稍稍迟疑了一下，又接着说，"还有甚么学生开会啦，又是反对一个日本女人啦，到底怎么回事？听说你们校长对于你这个问题很为难呢。"

及等她看见梦华并不言语，只是脸上显出一片被强抑制着的惊愕，她平日又知道梦华本是一个深藏而颇能含蓄的人，她这才明白她也许问得太冒昧，因为看梦华脸上那神色，她刚才提出的这些问题梦华是可能还不知道的，假如这样，她岂不是未免多事，徒然地添了梦华的疑惧。但既已说出来了，不但不能收回，也不再事隐藏，她就干脆说得更详细了些。她说她是从一个亲戚家的女孩子那里听说的，那女孩子就在女师上学，据说学生们对梦华太好了，既恐怕梦华自动辞去，又恐怕校方在暑假期中解聘，而最担心的还是惟恐日本人加以危害，因此学生们居然向学校当局提出了请求，请求学校不准黄老师辞职，请学校不要解聘黄老师，并请学校保障黄老师的安全。最后她说：学生的举动诚然幼稚，尤其最后一个请求，那是更会引起日本人的疑忌，但学生的单纯也极可爱。

梦华听了这番话，只是叹一口气说："原来如此，我还蒙在鼓里呢！"

"你当真不知道？"洪太太表现出无限遗憾的样子，"说实话，我口快心直也许不好，不过这事情还是明白一些更好，我看如果可能的话，你还是早些走开吧。"

她忽然把声音放得很低，并向门外悄悄地窥视了一下，作出惟恐别人听到的样子。

"我也正想这样，而且正来同你商量，邀你和我一起。"

梦华的话来得非常自然，她来时在路上的考虑完全是白费了。

"我呀，"洪太太做出一个无可如何的表情，"如果我没有这些累赘，我怕不早去邀你了，还等你来邀我！而且，我出去找谁呢，人家早已把我们忘干净啦。"说完了竟自己大笑起来。

然后梦华又说到她自己又何尝不是有些牵挂，母亲年纪高了，弟弟虽然有点糊口职业，但生活也还是非常拮据，而孩子又那么小，那么不懂事，到路途上如果有甚么意外，她又将如何处置。她又提到孟坚家里的父亲母亲，说到他的弟弟雷孟朴曾经来过，带来些多么令人发愁的消息，他那老父亲也在惦念着他的儿子。有甚么办法呢，也是千头万绪，令人割也割不断，理也理不清。假如真地想走，是不是能平安无事地走出去，也还很成问题，很显然地，刚才洪太太那一段关于学校的传闻又增加了她的忧心，她说她为了这个问题不知愁过多少日子了，但这又是无人可以商量的事，生怕走了风声就更是麻烦。她终于改换了比较和缓愉快的声调说道：

"那么你认为我应当走？"

"当然。"洪太太斩钉截铁地说。

"那么等再过些日子，如果你不见我再来，我恐怕就是已经走了。"

梦华仿佛开玩笑的样子。

而洪太太却说："但愿如此，我祝你一路平安。"

梦华又问洪太太是不是要给洪先生捎带甚么东西。洪太太两手一拍说道：

"罢呀，行路那么困难，还能带甚么东西！如果你箱子里带了几件男人衣服，检查出来岂不又是麻烦。但我请求你给我带一件顶重要的东西，那就是我的心！请你把你所见的这些疾病死亡困苦颠连说给他，他只要知道我这一片苦心，也就算了！"

洪太太一面说着，两行泪珠已簌簌地落了下来，她的内心的忧苦实在太重了。她接着又说：

"只要还有他这个人存在人间，也不管他来信不来信，就请你写信告诉我，我也就完全可以放心了！"

当梦华向洪太太告辞的时候，一面向外走，一面对洪太太悄悄地说：

"关于我的事，请千万别对外人讲啊。"

洪太太说："当然，当然。"

梦华已走下门阶，就要转向左面的道路去时，洪太太却又把她唤住，一只手按在她的肩膀上耳语道：

"你可听见庄荷卿那个女人的消息？现在那个日本军官已经丢下她走了，有人说是被命令调到前方的，可也有人说那完全是骗局，因为庄荷卿被害之后，她却又哭哭啼啼地怨恨起来，说是她自己太对不起庄荷卿了，你看多可笑！"

梦华听了就截然地说："那个骗子既已走了，岂不更好！"

洪太太却用那只按在梦华肩上的右手顺便把她一推，笑着说道：

"你说得好容易！她肚子里怀的那个小日本鬼可怎样交代！"

当梦华已经走出几步，洪太太已经向后转去的时候，洪太太的大女儿却忽然从家里哭着喊着地跑了出来，梦华老远地就听到："妈呀妈呀，你快来呀，奶奶……"

以后就只听到孩子的哭声，听不清是说些甚么了。梦华不禁叹了一口气，心里想道："这个洪太太，真是一个多么可爱的人啊，然而她也实在太苦了！"

十五

　　好容易奔到了学期的终了，她感到就象一个不善泅水的人从惊涛险浪中居然游到了海岸一样。现在她已经有了一个不可动摇的决定，她想，即便孟坚不来信，她虽然还不知道他将落脚在甚么地方，但他一定在那一片自由的天地中，她只要朝向那个大的方向，她就不会迷路，她只要从这里走开，就可以找得到他。她觉得他很宁静，很勇敢。

　　她忽然接到一封学生的匿名信，这封信却出乎意外地扰乱了她。这封匿名信是用钢笔写的，从平日看惯了的作文周记上没有方法可以看出那是谁的笔迹，因为作文和周记都一律用毛笔，那封信里写道：

老师：

　　现在夜已深了，老师或者还在辛苦地批阅我们的文卷。我们感谢老师平日给我们的恩赐,老师真是我们自从受教育以来的良师!老师知道吗?今晚几个痴心的孩子,自习也没上,至今还不曾睡,树隙中的月色,照着我们脸上的泪珠,我们在切切私议,在预测我们未来的命运。

近日我们从老师阴郁的脸色中,感到了一场即将到来的风雨,我们知道我们生活在黑暗中的一群,即将失去了光明。老师,我们同学平日聚在一起都是说:我们是一群迷途的羔羊,老师是惟一领导我们的牧人,在这一片广阔的沙漠上,老师是我们所看见的惟一的一片绿洲。但是从今以后,我们就将忍受着饥渴,盲人瞎马似地在黑暗中摸索前进了,所以近来同学们都彷徨不安起来。但是,老师你可放心,我们虽然心里悲痛,我们却不再用了种种幼稚的方法来留你了,我们知道,留你在这里是摧残你,作践你!老师,你去吧,无边的碧绿,辽阔的天空,展开你垂天的云翼,任意去翱翔吧!请你先去给这一群可怜的孩子打开一条路线,等我们翅膀长硬了,我们就要乘风飞去,去一直追随你。我们将共同飞到一个地方,那里可以尽情地呼吸自由空气,可以任意栖止,我们是多么地向往着那么一天啊!

老师,你知道吗?每天当你到学校来坐在休息室里的时候,初级的同学们,三五成群,远远地对你那窗户立着,不言不语地对着你的窗子发笑,我们问她们干甚么呢?她们天真地回答道:"看黄老师。"同学们平日对老师的倾慕,于此也可以想见了。我们不敢对她们说甚么,怕她们年少不经事,一听说老师要走,马上恐慌起来,传了出去,极不方便,不过那种对老师的眷恋之情，使我们也非常地感动。

老师平日太庄严了，这我们深深地了解：一是处今天的环境，必须如此；二是给那些人一个反省与纠正。有些先生的功课不行，专和学生们拉拢，请吃饭啦，请看电影啦，嘻嘻哈哈，反而为学生们看不起。我们平日都不敢接近老师，可是都佩服得五体投地，这到底是哪里的力量？又有谁能知道呢？

我们鼓着勇气写这封信，是要求老师给我们一个明白的表示。老师可以放心，我们不是太小的孩子了，我们知道利害，绝不会声扬出去，有碍老师的计划，更不至感情用事，说不定我们还有可以帮助老师的地方，请老师不要看我们是那么弱小而幼稚，不能办甚么事。

请老师赶快给我们一个明白的表示，我们好向教会学校接洽转学的事。

敬祝

健康

你的学生们

梦华接到这封信后，觉得十分踌躇，她想：我将怎样对待这群热情的孩子呢？要向她们有所表示，这恐怕是不可能的，而毫无表示也未免叫她们失望。但第一她必须弄清楚这个写信的是谁。她把信重看一遍，觉得这些都是些孩子话，但不知究竟是哪一个孩子。

有一天下课之后她从学校里出来，她脑子里充满了思想，因此她走得很慢，不料却被一个喊"老师"的声音吓了一跳，回头看时，乃是她班上的一个学生，她的名字叫崔宝璐。这个学生有长长的睫毛,深沉的眼睛,妩媚的面貌,更有一副很好的歌喉。她每天早晨都在院子里提起声音来唱歌,她那嗓音非常圆润,歌声曲折萦回,缠绵而哀伤。她喜欢喝白开水,每每一面唱着,一面手里捧着一只精致的磁杯子。训育主任很讨厌她,说她的样子太浪漫,象个电影明星似的。她样子有点象电影明星是真的,她的行为却绝不浪漫,她那长而光滑的头发,一直披在肩上,衬着一张秀丽的脸孔,有时穿一身黑衣服,显得她的眼睛更大了,使人看了有凄冷哀艳之感。她的功课很好,所以虽然有人讨厌她,终也无可如何。她聪明,她也调皮。她擅长写作,更喜欢戏剧,爱看文艺作品,而最崇拜的是巴金和曹禺,对于旧的诗词也很有欣赏的能力。她平日不常同梦华接触,而梦华对于她却有好感。她追上了梦华,其初还有点忸怩,想说话,不知怎样开始,但说起来却爽朗直接,并不躲躲闪闪。她说,她是怎样地不满意于沦陷区的教育,甚么教育,简直是麻醉剂,愚民政策,一般青年太可怜了,这样下去,将来是会忘了自己姓甚么的。她自己是早就想到"那边"去的,可是家庭不允许,下学期想转学,但是在这种环境中,甚么学校又不是受着统治呢?因想到教会学校也许稍好些。最后她悄悄说:"老师,你走吧,一切算我的!"她的意思是说:不要看她是小孩,小孩一样能办大事。她那天真而娇嗔的样子,梦华看见非常感动,当下她心里一亮,这才完全明白了,原来就是她,于是笑着问道:"那封信可是你写的?"她答道:"是的。"脸上飞起了一阵红潮,转过身子就向学校跑去了。

又隔了几天,早晨梦华刚刚到学校的休息室里,她看见崔宝璐本是在院子里捧着杯子唱歌的,却忽然跑到她们教室里去说道:"来了,来了!"等梦华在别的班上下课回到自己屋里以后,崔宝璐和她的另一个同学抱了一个包袱来看她,包袱里完全是送孩子的东西:洁白的挖花兜兜,美丽的小洋服,大红缎子的绣花鞋子,还有其它小玩意,都是她们自己做的,她这种诚挚的热情,使梦华非常不安,但也不能拒绝。崔宝璐又说,她知道老师愁的问题是甚么,她就正在设法解决这些问题:第一,这样的长途跋涉,而又带了一个孩子,路上没有同伴是不行的;第二,路上各方面的盘诘,只凭了女人孩子,恐容易出错,最好想一个妥善的办法,能够避免检查才好。这两项她已有了眉目,等考试完毕,她就要去进行。

转眼间到了上课的最末一日,这一天梦华恰好还有一堂国文。当她刚刚走进教室门口时,就听见学生们说:"最后一课了!最后一课了!"而当她刚刚在讲台上站定的时候,学生们就大声说:"老师,今天不要再讲书了,讲点别的东西吧,老师对我们谈谈话吧!"学生们的要求是很自然而近情理的,已经是最后一课了,当然不能进行新功课,何况一个顶大的问题又已摆在学生们的面前,看学生们的脸色,那就毋宁说是请梦华对她们致告别词,她于是立刻想起崔宝璐信里的话,"请老师给我们一个表示"。难道她现在就要表示,她又如何能这样公开地表示?但必须讲说些甚么,不但不使学生失望,而且还要使学生感到有希望。她想,空话还以不说为妙,那么就讲几首韦端己[1]的《菩萨蛮》吧。她答应了学生的请求,并说希望她们能随手抄下她所要讲的这几首词来,于是她在黑板上抄,学生在笔记簿上抄,抄一首,讲一首,教室里很安静,在兴奋中,学生

---

[1] 韦端己:韦庄,晚唐诗人、词人。

们既感到了喜悦，也感到了哀愁。梦华先从唐末的局势，讲到韦庄的入蜀，她说那时候中原多故，烽烟遍地，韦庄身虽在蜀，但无时不在眷念中原，乃发为怀乡念国之思，沉痛苍凉，缠绵固结，殊于他作，而情调柔婉悱恻，使人肠为九回。譬如他的第一首："残夜出门时，美人和泪辞。"美人和泪而辞，自然是百般依恋，万种叮咛，叫人那能不"抵死梦中原"呢。外面是疏星闪闪，残月在天，里面是泪痕在枕，香灯半掩，纯是一个残余的景象，使人只有感到空虚和寂寥，今后的岁月直是不堪设想了。而转笔却扣到"琵琶金翠羽，弦上黄莺语。劝我早归家，绿窗人似花"上面去，更觉余韵悠悠，萦回不尽，须知时光催人，等到再回来时当然另是一番景象。谈到了韦庄入蜀时的情形，讲"满楼红袖招"一句，固是一个比喻，可见韦庄受到了热烈的欢迎。她说：试想白马金勒，玉鞭雕鞍，马上人则丰神洒爽，顾盼生姿，从楼下驰过，而楼上呢，红袖招展，歌吹沸天，真是一幅好看的图画。讲到这里忽然有一个学生说："慢说满楼红袖招，就是有一个人招我，我也早去了。"这说得大家都笑起来，连梦华自己也笑得脸红了，她觉得学生这善意的玩笑很亲切，但她又明明看见，有的学生虽然在笑，但眼里却正含着泪水。当她讲过"此度见花枝，白头誓不归"以后，她说：韦庄虽然在那边有甚么宠遇，但依然难忘中原，她并且举出了她们前已讲过的王粲[1]《登楼赋》作为说明，《登楼赋》中说"虽信美而非吾土兮，曾何足以少留"，又说，"人情同于怀土兮，岂穷达而异心"，韦庄当时的心境，也正是如此。有的句子越是表面上作旷达语，而心里越是排遣

---

[1] 王粲：东汉末年文学家，"建安七子"之一。

不开，人前强笑，悲苦有甚于哭。他的下面几首，都是如泣如诉长歌代哭，笔调高亢，婉转而自然，简直完全是呜咽的哀音。最后讲到了"人人尽说江南好，游人只合江南老"，她说，这乃是无可如何的叹息，作者引领北望，是遍地血腥，烽烟弥漫，人乱马翻，鸡犬不宁，而江南则是"春水碧于天，画船听雨眠"，江南人物又是"炉边人似月，皓腕凝霜雪"，这是一个多么强烈的对照，所以才慨叹说："未老莫还乡，还乡须断肠！"

她匆匆地讲完，也恰好传来了下课的铃声，当她从教室退出时，她听到后边有人叹息说："完了！完了！"

考试过后，学校里正式放了假。梦华很快地就把学校的事情结束了，而崔宝璐就在如焚的烈日下为梦华而奔走。因此她常常到梦华家去，每次去都是满脸的汗水，这叫梦华感到万分的不安，要办的事情太麻烦，而她一个人去奔波，不知她如何受得，而她呢，却早已忘了溽暑，忘了艰难，更忘记了她只是一个十七八岁的女孩子，真仿佛千金一诺，虽赴汤蹈火亦在所不辞的样子。

最初，她先给梦华邀到了同行的伴侣，原来是女师一年级的学生吴采华，还有吴采华的母亲和两个嫂嫂，都已经从乡下来等待着了，吴采华有两个哥哥，都在四川，一个在汽车修理厂服务，另一个是空军驾驶员，此外还有一个张太太，带着一儿一女要去兰州，也恰好可以同路。这样，大人孩子一共九个，再加上行李，那真是浩浩荡荡，太惹人注目，假如没一点别的保障，那实在是太危险了。崔宝璐说这件事最好是托何曼丽同学的家长写一封介绍信去见一个名叫查理的外国牧师，请他以教会的名义给一个证明，以免路上留难。据说以前有人这样办过，查理牧师是很乐意帮助人的。介绍信很快地就写来了,信上还说明了这事完全是秘密的,看过之后务请把信烧毁。第二天梦华就去见查理牧师。查理牧师住在城外,出城的时候就必须经过女警察的检查。梦华把那封信放在鞋底的皮垫子底下,到了检查的时候,那女警察摸了她的腰,两腋,以及大腿,幸好不曾叫她脱鞋,她心里砰砰地跳着,而表面上却装得非常平静。她见到了查理牧师,牧师看过介绍信,忧愁地皱着双眉说道:"你一个女人,路上那么困难,我劝你还是不必去冒险吧!"梦华就告诉他,实在不能再在沦陷区生活了,并说了很多恳求的话。牧师却说:"唉,上帝知道,我不是不愿帮助你,现在日本人对英美人十分仇恨,也深恶教会中人,你不提教会还好,你一提教会,不但不得帮助,反而更加留难,他们会说:你来这一手啊,难道我们还怕教会吗?所以倒不如去碰运气还好些。"当梦华告谢出来的时候那牧师还说:"祝福你,上帝保佑,你一定能顺顺当当过去就是了。"梦华回家以后,不多时崔宝璐又来了,她说她又有了更好的办法,她已经找了一位伍其伟先生,他可以负责护送出去。伍先生在一个运输公司里服务,这运输公司又是崔宝璐一个朋友家经营的,她那朋友也曾经跟梦华受过课,也很愿为梦华帮忙。伍先生在公司中服务已经近二十年了,从前时常往来于济南西安之间,这条路上的情形他非常熟悉,而且为人慷慨重义气,表面上是非常诚朴质讷的,实际上却是深谋而有机智,善于应变,她们是多么需要这样一个人啊。崔宝璐说,这事情已经同伍先生说妥了,几时要动身,便可以邀他见面。

时间过得很快,已经是七月中旬了,天气热得象蒸笼一样。星期六的晚间,桓弟从公司回来,他手里拿了一封信,那正是梦华所久已期待的信，那发信的地址是"成都"。桓弟早已从那发信的邮戳上看明了发信的日子，计算起来这封信才走了二十几天，从来还不曾有过这样快的信，这封信原来是航寄到西安后又转来的，桓弟说："这信真是特别快呀！"而梦华心里却想："如果人能象这样快就好了。"孟坚在信里先报告了他到达的日期，并把他们将要永久住下去的那座城市描写了一番，他说，那座城太象北平了，于是就问她道："你不是最喜欢那座古城吗？我现在就住在那样一座古城中了。"信的中间还特别报告了他到达之后的夜里做了一个怪梦，他写道："我梦见你也到这里来了，却并不见小昂昂，很显然地，这个孩子在我的意识中还不存在，因为直到现在我还不曾见过他！我把我的脚给你看，我的脚断了，象朽枯的木材一样，脚底下裂了一道深沟，只看见里边的干肉干皮，却不见鲜血，我就对你说：这是我这一次长征的结果啊。我又看你的脚，你的脚上却沾满了淤泥和草芥，仿佛也是奔波了很久的样子。"最后他又说："这一次长期的走路，对我的益处太大了，我见了许多未曾见过的现象，也懂得了许多未曾想到的道理。我懂得了走路的道理，也认识了生活的道理，也认识了人类生活的道路。"梦华看完了信，又同桓弟就着孟坚的来信谈了很多话，并谈到她自己的行期，梦华说，有了这封信，她就算有了着落。而她心里还想：这一段旅途可真够远，然而她此刻好象觉得非常接近了。姥姥同桓弟就说：现在天气正热，上路最感痛苦，不如再过一两月，等天凉了再走。梦华也明白他们这番意思，那不是别的，正是老母幼弟的惜别而已。她就告诉他们，前些时有某某学校一个教员到那边去，人已经走了，宪兵司令部却天天去追问他的父母，问那个人到底往哪里去了，非逼迫他父母把他催促回来不可。有见于这种麻烦,她觉得最好是暑假中间起程,在学校方面比较方便一些。至于校长那方面,自然不能正式向他辞职,只好到临行时写一封请假的信,说是到外县的家乡养病去了,这样,校长一看自然明白,他在日本人面前也比较容易交代,而这封信却又必须等她走出几日以后再发。当天晚间,当别人都已睡下以后,她就给孟坚写回信,她一连撕毁了多少信纸,费了多少思索,才得把这封信写成,她写得很简单,她在信里说:"我现在就要回家去了,我到了东平以后再给你写信……"她不但在信后署了假名,而且连发信地址也改了。信写好了,她还在踌躇,她顺手用笔在一张废纸上写了一些字,她写了许多个"西安",又写了很多"东平",东对西,平对安,她相信他看到这句隐语时一定会明白的,他可以知道,东平乃是沦陷区里的一县,即便敌人检查,也不致发生甚么疑惑。

她现在所愁的只有一件事,就是久已呈到特务机关去的乘车证至今还不曾发下。听说有的三四个月还发不下来,她若遇着这种情形,那就完全走不成了。眼看就到七月底,八月初学校里就要招生,等聘书发下来了,又要去上课,如果开学以后再逃,那怎么能行呢!梦华急得象热锅上的蚂蚁一样,白天不能吃,夜里不能睡,眼看就要病倒了。而比她更急的还有崔宝璐,她分头去办各项手续,不知一天要跑多少回,脸色也日渐黄瘦起来。霍乱预防针注射证,种痘证,检验大便证,这些东西一样也不能缺,不然是不准买车票的。崔宝璐怕耽误时日,又怕打针以后大人孩子都起了反应,走到路上也极其受苦,她就凭了她的家庭关系到医院里去托人办来了假的证件。有一天崔宝璐跑来,问梦华乘车证是不是已经领到了，当她听说尚未曾领到时，就急得跺着脚说道："好，找那个人去，三天以内一定拿到！"原来她父亲在世时，曾于深夜中救过一个投宿的人，这人是一个被人逐捕的土匪，如今这人正在特务机关作事，深得鬼子们的信任，即使是人命案件，只要托他说一句话，也就有了办法。她最初是极不愿找这个人的，现在迫于不得已，不能不去找他了。

果如崔宝璐所说，还不到三天，只两天的工夫就把乘车证拿到了，而且她也已经约定了和伍其伟见面的日期和地址。

十六

　　夜里她睡得很坏，她一直在半睡半醒中为很多杂乱的思想所纠缠，尤其在××运输公司大楼的最高层和伍其伟晤谈的情形，以及伍其伟所谈的关于路上的情形。她很疲倦，很愿意停止这些思想，但是不可能，她越愿意不想，就想得越多，她越想睡反而越睡不着了。一会儿她眼前仿佛看见黄荡荡一大片水，那是伍其伟所说的界乎亳州与界首之间的新黄河，宽八十余里，浊浪排空；涛声如雷，敌人在这儿检查极严，时常有人在这里停留个多月还不能渡过。她一时觉得她的床就象一只小船，于是那床也就摇摆起来，象漂在那一望无边的黄水上一样。她又想伍其伟将来把她送过这新黄河，过了界首以后就无人护送了，她同许多女人孩子，而且大多是些不常出门的人，不知如何走法，于是她想起了伍其伟所说的潼关，她眼前就现出了那关塞的雄壮，但实际上已是断井颓垣，一片瓦砾了，她仿佛已经骑了一头毛驴攀登那里的山路，而耳朵里就已经听到了敌人在对面风陵渡发射的大炮，毛驴在荒山里乱跑，于是她被摔下来，她的行李也不见了。一会儿她又看见一条白线展开在面前，那是从宝鸡直通四川的公路，她就好象坐上了汽车在那公路上奔驰。一会儿她又看见了济南的全景，那是昨天初登到××运输公司大楼最高一层时所见的，她虽然在这里住了这么久，却很难有机会登到这么高的地方去眺望一下，但是昨天她居然看见了，她非常惊讶，就好象特为来向这城市告别似的，这座受辱的城市整个地摆在了她的眼底：南面是绵亘的山峦，她甚至以为可以看到泰山，北面有一条大河，一条小河，也隐约可见，平素以为没有多少草木的市区，登到高处一看却好象一个大花园。那占了半城的湖水，在日光的反射下显得象镜子一般，只可惜这里一片，那里一段，总是看不完整。她在迷离恍惚中想道：这美丽的城市，我就要把你丢下了。因此又想到姥姥和桓弟，近来桓弟不断地从公司里回来，虽然稍坐一会就要走开，但是那种惜别的神情是很显然的，至于姥姥，近几天来连脸色也变了，她时时沉着脸，不多讲话，除了念佛就是坐着发呆，好象在思索甚么事情似的，每当看了姥姥这样的神情，就陡地心里感到阴暗，她想孩子是在姥姥手里抚养起来的，姥姥对于孩子太好了，孩子可以离开妈妈，却不能离开姥姥，一旦她同孩子都走了，闪下姥姥一个人在家，不知将如何地孤独与寂寥。隔壁房间里的挂钟敲了十一点，十二点，她还是不能入睡。早晨她醒来时已是九点以后了，而且明明是被人声惊醒的，她在似梦非梦中仿佛听到有人在厨房里啼哭，又好象有一个男孩子在说话，又听到姥姥在那里不住地劝说，后来就一切寂然了。等她起床以后，姥姥才叹息着告诉她："李嫂的公公到底死了，她的小儿子来叫她回去，听那孩子说他爷爷临死的情形，真是悲惨极了！"

她起床以后还是觉得十分疲倦，而昨天晚上那些思想又来打扰她。她不能作任何事，她本来想要检查一下行李的，但也懒于活动，只好同孩子玩玩，不多时姥姥就亲手从厨房送来了午饭。吃过午饭后姥姥说要她休息，就把孩子抱了出去。家里非常静，树荫团团地罩在庭院里，一动也不动，这真是最好的午睡时间，而她也果然睡下了，但刚刚睡下不久，就陡然醒了转来，她想起了一件很要紧的事，便急急忙忙在镜子面前梳拢一下头发，拿了钱包就走，她去了大约有两点钟工夫，跑得满脸汗水，姥姥看她抱了一个大包袱回来，就问她去干甚么，她不说话，只说："你打开包袱看看就知道了。"于是自己颓然地坐在椅子上，抓过一把芭蕉扇霍霍地用力摇扇。

姥姥莫名其妙地把包袱打开，一面笑着一面把里边的东西抖出来，惊讶道：

"你要打扮成甚么怪模样啊！"

那包袱里是梦华刚从外面旧衣店里买来的一套衣服，一条青布长裤，一件长袖的蓝布短褂，另外还买了一双圆口的青布鞋，一条包头用的青纱手帕。

梦华用力地扇着芭蕉扇，很得意地说：

"今天几乎把这件事忘得一干二净了，午间睡觉的时候才忽然想了起来，历来没有穿过这样衣服，乍穿起来恐怕不会迈步了。"

姥姥就说：

"你小时候还不是也穿过这样衣服，当年的时装，如今变成古式的了。"

又说：

"我箱子里还有这样衣服,早知道也就不必买。"

梦华却说,如果她穿了姥姥的衣服,那岂不象穿了道袍一般,因为她的身体比较瘦小,姥姥不但身体比较高大,而且历来的衣服都是宽腰大袖的,当然不能合身,这说得她们都笑起来。梦华接着又说,她立刻就要穿起来试试,于是丢下芭蕉扇,敛起了包袱就急急忙忙地走到内间去,她把内间的门帘放下来,而且回头悄悄地告诉姥姥:"请把我们的院门也关起来。"

姥姥去关了院门,只听到内间里一阵衣服的綷縩声,她作了一个好奇的面孔,低低地对孩子说:"等着看啊,看妈妈要打扮一个甚么怪样儿!"小孩子不知道这是怎么一回事,只望着内间的门帘呆笑。

梦华很快地就从内间里出来,她不但穿了那长裤短褂,连那青布鞋子也穿上了,头上还蒙了那青纱手帕,她自己已经笑得不能忍禁,姥姥笑得拍起掌来,因为那裤脚太长竟遮到了脚面,上褂又嫌短了一些,刚刚盖住腰际,其实这样却也恰到好处,因为这倒是地地道道地象一个小商人的妇人了,只是那手帕的包法还不十分对,按照她们的习惯,那是要包到后面,主要的是为了盖起后面的发髻,前额以及前面的头发是要完全露出来的,而梦华自然也还缺少一个绾在后面的发髻。她坐下来,又站起来,又象小学生练习体操似地开步走,向后转,腿抬得高高的,两臂摔得直直的,仰着脸,两眼向前看。但走不到几步,她自己已经笑得前仰后合,姥姥在椅子上坐着,笑得流出泪来,孩子就用了左右两手的食指在两个小腮上画着,笑得咯咯的,说"妈妈丑,妈妈丑"。梦华一会儿又坐下来,一会儿又立起来,走几步,前后左右自顾一番,然后又走几步,她撞在茶几上,几叠茶杯都叮叮当当响起来,孩子又尾在妈妈后面学妈妈的样子，终于绊倒一条小凳，那小凳又碰在一个立橱上，终于咚然的一响，孩子摔倒了，并不象往日似的放声嚎啕，却只是含了眼泪在嗬嗬大笑。这个房子里很久以来就没有这么多的笑声了，今天，回应着她们的哗笑，全个房间的空气都在哗笑。姥姥赶快把孩子扶起来，抱在自己膝间，等她把孩子抚慰了一番以后，孩子才用自己的小手揉着眼睛，要笑不笑地，自己勉力忍禁着。姥姥对梦华说：

"算了，算了，可不要再闹了，你看你简直象个演文明戏的，你把孩子都演出眼泪来！"

梦华就想起了她在中学时代参加演戏的情形，她说：

"你还记得我演过的那出戏吗？我扮了一个最难表现的角色，那女人在第一幕里是一个花枝招展的少奶奶，到了最后一幕，却变成了一个砍柴拾菜的乡下女人，那打扮自然比我这一身更朴素，更寒伧，可是她那并不是故意化妆的，而是为命运所折磨，自然就变成了那个样子。最后，等那犯罪的男子又回来和她见面的时候，那情形真是悲惨极了，就在那一幕里，我的表演博得了全场的眼泪，可是连我自己也哭得象真事一样了！"

她一面说着，一面又爆发出一阵大笑，她说得非常兴奋。

她接着又说：

"转眼间这已经是十几年前的事了，回想起来，象做梦一样。我不知道我当时怎样会真地哭起来，现在想想，反而觉得好笑了，那够多么幼稚啊，连那剧本，连那些情节。"

姥姥就忽然插嘴道：

"有一年大闹元宵节，大哥扮花灯，他也扮了个乡下女人的样子，他的个儿又高，脸儿又宽，脚又大，无论怎么扮也扮不成个女人家样子，他把家里上上下下女人的衣裳都借遍了，找了最大的衣裳也还是嫌小，穿在他身上就象柿子蔕一般，他还一定要扮小脚，绑上木头寸子[1]，踮着脚尖在家里走来走去，从大厅走到后厅，从花园走到书房，家里的佣人们都跟在他后面看热闹，笑得人家东倒西歪的，后来爸爸知道了，简直气得连话都说不出来。"

梦华又说，开始打仗的那一年，她同孟坚回到乡下去，看见那个妹妹的打扮也是这个样子，不过她们乡下女人还都是绑腿的，从小脚一直绑上来，几乎绑到膝盖，那样子就象当兵的打裹腿，看起来很好笑。她又提到了那个妹妹的死，谈到了她的相貌和性格。为了逗起孩子的兴趣，她还对孩子说道："我们是说你的姑姑啊，她已经死了，她的样子就象我今天这个打扮。"姥姥听了，觉得她这话极不悦耳，就把嘴唇用力一闭，向她瞪了一眼，说道："唉哟，这是甚么话呀！"

于是屋子里寂静了。在片刻的寂静中，梦华心里却想得很蹊跷，她想："如果我也是生在乡下的农家，象那个妹妹一样，不读书，不问世事，只老老实实作庄稼女儿，长大了，给一个年青农人作媳妇，勤苦操作，粗衣粗食，那比我现在的处境岂不简易得多多。"可是猛然一惊就想到了远方的孟坚，她觉得刚才这种想法未免太奇怪了，为了打起自己的兴致，也打起别人的兴致，她就故作振奋地说：

"我一旦到了外边，我就穿了这一身衣服走到孟坚的面前，那时候当然是满面风尘，形容憔悴，他难道还会认得我吗？我岂不要吓他一跳！"

她刚刚说完这句话，正要自己大笑起来，一阵敲门声却真把她

---

[1] 寸子：寸跷，一种矮跷。

吓了一跳，她急急忙忙跑到内间里去，等姥姥去开了后院的门，把来人引了进来，等听清楚那来人的声音时，梦华才按住了心跳，想道："这是崔宝璐！"她本来就想赶快把这身乔装换下来的，但又觉得这也好玩，索性就照样走了出来，而崔宝璐一看见她的样子，就爽朗地放声大笑了。

"啊呀，老师，你这是干什么呀？"

"干什么？伍先生说的，要我们化装成商家妇女的样子。"

"化妆可也不是这个化法，这样岂不弄巧成拙，反而甚么都不象，慢说你瞒不过检查的眼，你连一个普通人的眼也瞒不过，人家一看就认出你是假的。"

"那么怎么办呢？"

"怎么办！伍先生的意思，也不过是说穿得简单朴素一点，千万不可穿得过于艳丽，不要把逃难当作参加结婚典礼就是了。"

接着又是满屋子的笑声。

崔宝璐一面笑着，一面忙着去解她提来的那个包袱，她把包袱打开来，梦华才惊讶道：

"啊呀，你怎么这么客气，送这么多面包干甚么？"

崔宝璐不理她，只微微笑着，从那些各式各样的面包里取出一个浑圆的举在手上说：

"老师，这个圆面包不能吃，这里边的面包馅就是你到四川的路费呀！"

梦华这才恍然大悟，表现出无限的惊讶与感谢，悄悄地说："原来如此！"

姥姥莫名其妙。梦华就向她解释：凡是从济南出境的人，每人只准带五百元的伪币，带多了是要治罪的。两边的汇兑既不通，那么一路的川资岂不是没有办法？伍先生说可以兑到西安的商号去，但是汇票必须藏好，藏到甚么地方呢？这却是件难事：电筒，热水瓶，裤带，鞋底的踏布，被子，枕头，敌人都要拆开来检查的，万一被发现，那就甚么都完了。幸亏崔宝璐，她家里有一个厨师，烤得一手好面包，他把汇票包在油纸里，就当了面包的馅子，汇票是一点不会损伤的。她又告诉姥姥，所要带的伪币到界首是花不完的，到了那里就可以换国币，因为那地方是个"阴阳界"，有在两方面来往做买卖的，所以什么钱他们都需要。姥姥听了，觉得非常稀罕，便拿起那个圆面包来一再地玩赏，孩子认为姥姥要吃那个面包便向姥姥要，姥姥一面说不准吃，一面却将那面包递给了孩子，幸亏梦华手急眼快，孩子正要张了口去咬，梦华已经一把从孩子手里夺过来，一时大家都吓了一跳，孩子已经哇的一声哭了，姥姥就哄着孩子说："孩子不哭，孩子不哭，是姥姥老糊涂，姥姥该打，赶快给孩子另换一个好的吧，这个圆的里面是苦药，吃不得！"等把另一个面包换给了孩子，孩子才又转哭为笑地吃了起来。一场虚惊，使她们隔了片刻才能恢复平静。然后她们又谈到服装，又谈到演戏或闹花灯，又谈到梦华的行期，屋子里才又充满了笑声。等崔宝璐临去时，还特意举起那个圆面包来对孩子说：

"小弟弟，千万莫吃这个圆的，吃了就不能去找爸爸。"

而当梦华要和姥姥一同去送她出去时，她又急忙止住梦华说：

"老师，你可不能出来，万一你穿了这一身衣服走到街上，那岂不——"她的话不曾说完，已经踏着急促的脚步，和着咯咯的笑声，跑出去了。

十七

晚上下过一场小雨，刚刚可以洒下马路上的灰尘，并给人一阵凉爽，却并不妨碍行人的起程。

临别的一顷刻，梦华看见姥姥脸上的皱纹显得更多了，头发也显得更白了，那本来是比较宽大的面孔好像突然缩小了一般。她心里想道：这一离别，真不知何年何月才能回来，等再回来的时候，姥姥又不知要衰老到甚么样子了！桓弟从公司里请了假回来，意思是在家里凑凑热闹，免得家里太冷静，但所有的欢笑，所有的祝福，都难免一种勉强的痛苦。梦华想，母亲恐怕就要落泪了吧，可是没有，老年人自己忍禁得很好，而梦华自己自然也要装得强硬一些，等到桓弟说车子已经停在门口，而姥姥又说："你这一次是远行啊，可不同平常，应当到祖先的牌位前辞行才是。"梦华的心才陡然软了下来，眼泪已经在眼眶里转着了。到了刚要上车的时候，姥姥先在佛堂前叩头祷告过，又把昂昂领到内间的床上，拍拍床，又拍拍昂昂的身子说:"昂昂走了,昂昂走了,昂昂跟着妈妈找爸爸去吧!"拍完了,叫完了,然后才把孩子交给梦华。这本是老年人的一种迷信,以为孩子小,路途远,惟恐灵魂有甚么闪失,在孩子平日睡觉的床上拍拍叫叫,把灵魂叫全了,然后才可以动身,在万分匆忙中姥姥也还不忘记这件事,梦华心里只是感到难得。等她抱了孩子,和桓弟同时上了车子以后,她简直连头也不敢回,就一任车子把她拉着向车站走去。

当车子走到西门大街的时候,有三个学生远远地向梦华招手,那是何曼丽、张文芳和刘蕙,她向她们点头微笑,接受并答谢她们这中途送行的盛意,她一直回头望着她们,等车子走远了,再也望不见了,她才回过头来望着前面。她们是惟恐到车站上送行的人太多,太惹人注意,所以便在中途等候她的车子,梦华十分感谢这些女孩子的体贴入微。她们班上虽然大半知道她决心南下,但确实知道她的行期的也不过五六人,而这几个人都是对于她帮过很多忙的。除了崔宝璐早已到车站去买票外,其余的她都在途中陆续见到了,她们那待笑不笑的表情,真不知是含了多少意思,叫她感到喜悦而又不安,她不知将如何报答这些可爱的青年人。

桓弟的车子在前面,她的车子紧跟在后边。小昂昂糊里糊涂的,还以为是妈妈带了他出去玩。他一路上东张西望,注意着百货店里摆在窗内的各种玩具,并用小手点着告诉妈妈:"妈,你看那个带毛毛的小狗。"一会儿又说:"妈,快看,一个戴尖帽子的大洋娃娃!"她只好顺口回答他,说她已经看见了,将来就给他买来。

车子到了普利门,老远地就下了车,预备受检查。她们车子上所带的都是零星小件,检查起来也还方便。她的大行李都已交给崔宝璐了,崔宝璐说她和吴家已经托了军队上的人,一直把笨重的行李送到车站,可以不受检查。检查开始了,手提包打开来,小网篮打开来,又打开两罐头鱼,一筒饼干,并问到她的去向,一切都由桓弟代她回答。桓弟又递给那人一张名片,那人竟很客气地叫她收拾好东西,而且竟同桓弟谈起公司的买卖来。检查自然是结束了,而梦华却故意问他:"别的还查不查?"她的意思是说:你尽量地查吧,但愿这是我最后一次受你们的侮辱。

到了车站,远远地就看见了伍其伟,他们并没有交谈,只是互相点一点头。她看见女师的学生谢家仪提了水果点心向她赶来。谢家仪本来是说要和梦华同行的,象其他几个学生一样,总是得不到家庭的允许,于是只好作罢了。她看见她的同班吴采华能和梦华同行,心里十分惆怅。她生在一个旧家庭里,父亲是做官的,已去世多年,不幸母亲也不在了,她同她的哥哥嫂嫂一同度日,她没有"小姐"的坏习惯,她头脑清楚而沉着,有毅力,有见解,她一直想从敌伪的势力下飞出去,但是一直被家庭束缚着。她说她终有一日要挣脱这羁绊,她现在暂时不和梦华同行,也是惟恐给梦华添麻烦的意思。在这临别的一刹那,她那依依不舍而又巴不得跟去的样子,令人感到可怜,她说,吴采华去后,她将没有可以谈心的人了,并说:"老师,你千万别忘记我,你先去给我探一探道路吧!"说话中间,吴采华一家四口也都来到了,就是只有那位张太太还不见来,她们都感到十分焦急,深恐她错过了时间,或者是路上出了甚么事故。她们,尤其是梦华,心里不住地忐忑着。忽然谢家仪说:"来了!来了!"果然是张太太来了,她领着一儿一女,男孩有十一二岁,女孩七八岁,时间刚好,火车也到了。

三等车里挤得人山人海，一点空隙也没有。又因为怕游击队袭击，不但关门闭户，而且窗上都有很厚的黑布窗帘，以免透出灯光，因之车里的空气十分污浊。梦华早已担心坐三等车会晕车，更怕万一呕吐起来被当作霍乱病而提到锅炉里去焚化，她托崔宝璐买了二等票，岂知二等车里的行李也堆得象山一般，她们好容易把行李搬动一下，留出了一点空地方来，茶房却说这里已经有人占下了。正踌躇间，吴采华同她两个嫂嫂来说，三等车里好歹匀出了一个空位，请梦华赶快抱孩子过去。幸亏人多，七手八脚地又将行李挪过去，刚刚安下，火车便蠕动了，桓弟只说了一声："姐姐，到地方要来信啊！"便一下子消逝在人丛里。

当火车刚一进站时，昂昂听到那汽笛的鸣响就吓得大哭起来，闹着要回家去，要去找姥姥，梦华哄着他，一会儿就坐了火车回去找姥姥，他却不肯，并说不要坐火车，还是坐洋车回家好些，一直哭了很久，最后才在梦华臂中睡着了，但等到火车一震动，却又陡然惊醒，而且又大哭起来，他看看四周那些陌生的脸孔，更是大哭不止。为了使孩子可以安睡，梦华就把两腿放在网篮上，用两条腿当作小床，让孩子在上边睡，而孩子却说不行，一定要回家上床去睡，一面哭着一面在梦华两条腿上滚来滚去，不多会工夫，她的两条腿已经酸痛得连动也不能移动。等昂昂又在不安中睡去以后，梦华心里才稍稍安静了一点，她才有机会观察她的邻座。她想：这一列长车，装载了几千个可怜的生命，这里有的悲伤，有的喜悦，有的忧虑与恐怖，也有的是追求和希冀。坐在她对面的是一个乡下女人，头发乱蓬蓬的，盖着一张瘦削的面孔，最显著的是她那大眼睛，粗眉毛，和厚大的嘴唇。她正在那里啃西瓜，她一面吃，一面去推醒在她旁边睡着的一个七八岁的孩子，那孩子被唤醒后不知所以，两眼呆呆地接过了西瓜，刚要放到嘴边去啃，不料那西瓜泼刺一声就掉了下去，恰巧又掉在另外一个男人的脚上，那男子狠狠地瞪了他一眼，幸亏尚未发作，那女人就在孩子的头上猛力地打了一掌，孩子才真地醒悟了过来，那闷闷不语只顾大咬大嚼的样子，显得非常愚蠢。在梦华的右边，隔了两个人，是一个商人打扮的大胖子，他穿着条纹布的小裤褂，敞胸袒怀，露出肥大的奶子和圆大的肚皮，一手摇着扇，另一只手不住地揩拭头上的汗水，他谈得非常起劲，整个车厢里都是他的声音，和着隆隆的车轮声，简直永不停歇。他的话太长了，最初是说他当年怎样学生意，他怎样受苦受罪，尤其受够了师母的虐待，后来他又脱离了那个铺户，自经自掌，东奔西跑一直到现在，他才算混到了出头之日。他对面那个听话的小伙子就不住地点头，不住地说"是"，他大概是一个刚刚学生意的。梦华的后面是一个天主教的修女，她穿一身黑衣服，宽襟大袖，脑后飘着黑巾，她的面孔非常白净，沉静而庄严，象一尊石膏像。她们本来是相背而坐的，为了便于攀谈，那修女竟侧过了身子，她问到梦华的去处，并说带着孩子走路未免太苦了，她一面和梦华谈话，一面又轻轻地给昂昂扇着，使他安睡。

梦华自己，却是一点要睡的意思也没有。她很担心地想象着她走开以后母亲将如何的寂寞，而又憧憬着将来，一旦她到了四川，将要过一种甚么样的新鲜生活，于是她又感到兴奋，感到鼓舞。过去的，未来的，千头万绪都涌上心来，她虽然没有入睡，但她实际上就象在梦里一般，忽然车上的茶房喊道："泰安，泰安，到泰安的下车！"她猛一惊醒，心头感到一阵酸楚。"泰安！"多么亲切的名字啊！她看看手表，正是午夜十二点。泰安唤醒她多少过去的梦，那些梦都是美丽的，温暖的，而此刻她所能把握的也还只是凄凉和空虚。她在泰安住过三年半，那作为学校的"资福寺"，此刻想起来处处都叫她感到留恋。她记起东院里有一棵大皂角树，绿荫如盖，遮满了一个小小的院落，她们常在那树下下围棋，有时用那树上的鲜皂角洗头，那皂角比肥皂或洗头粉都好用，洗过之后既干净又滑爽，洗过头以后沏一壶新茶，一面吃茶，一面摇着扇子在树下乘凉，那真是有说不出的快适。那里有一棵秋桃树，它结的果实并不大，可是瓤白如玉，汁甜如蜜，据说那也是"肥桃"的种子。有一次她手里拿了四个桃子，一个女同事在后面追她，要抢她的桃子，她跑向西院的女生宿舍去，经过圆门时为一块光滑大石头绊倒了，桃子滚了一地，追赶的人在后面拍掌大笑，恰好有两个女生从那里路过，第二天上课，她感到很不好意思。那是她大学毕业后所住的第一个学校，那时候她也还有些青年气，如今她自己已感到了衰老，回忆起来，只有无限惆怅。她住的那个院子正好面对着泰山的南天门，她住的虽是南房，然而前后开窗，打开北窗，就可以看见泰山遥立如屏障，耸峙入云霄，昏明晴晦，气象万千，有时夕阳返照，山晕青紫，那颜色美到无可形容。南天门的下面是回折的盘路，陡立着，就象一条白线，南天门的门墙本来是朱红色的，经过长时的风雨剥蚀，远远地望着已经变成了淡红色，她时常坐在窗下仰望，总是嫌它的颜色不够鲜明，她想叫它更红一点，而且她以为那是很容易的，只要举起批阅学生文卷的朱笔向空中一点，它就将变得十分浓鲜，好配上它后面一碧如洗的青天。她在那个窗子底下改过了几千本文卷，她在那里消磨了多少好岁月啊！南窗下边，有她亲手种植的扁豆，花生，向日葵，扁豆的蔓子爬满了窗子，虽然屋里显得比较隐暗，可是叶影姗姗，绿凝几案，也觉得满是生趣。这些东西，如今当然都已遭了厄运，扁豆花生可能已喂了洋马，向日葵的大叶可能采去擦了刺刀，至于房屋，恐怕早已变成了灰烬，或已经完全倒塌。她又想起了那里有很多奇禽异鸟，每到破晓时就可以在枕上听到种种的呼唱，有象芦笛[1]的，有象银铃的，有象响箭的，接着是在残星银雾中，鼓动着双翼，吵吵地飞去了。她想，这地方的人也许都远走高飞了，而这些鸟也许还在依恋这里的山林吧。她想起王母池，岱宗坊，到处都有她和孟坚的足迹，中天门，快活三里，他们曾在那里山居多日，这些地方一定都变成豺狼的巢穴了。

她不自主地掀开了火车的黑布窗帘，探首向泰山望去，只见满天星斗，黑茫茫一片，却望不见半点山影，她心里感到说不出的失意：过去的完全空虚了，化成一片黑茫茫，正如此刻她从火车上所望见的黑夜一样。夜风很凉，一直凉透了她全身，她不自觉地缩回头来，在沉默中咀嚼着苦痛，并无聊地拿一件小毛巾被给昂昂盖在身上。

大汶口，曲阜，一站接一站，都在她的苦思中过去了，在晨光照耀车窗时到了徐州。

下车后，乘客都排成整齐的行列，听候检查。这时候昂昂早已睡醒，问道："妈妈，到家了吧？"梦华说："就要到了，等一会妈给你买粥吃。"孩子听了仿佛已得到了安慰，便兀自静默下来。负责检查的是中国人，而两旁却是荷枪实弹的日本兵。她们夹在旅客中间，

---

[1] 芦笛：旧时北方人称芦叶卷起的乐器。

周身上下被搜查过，然后才从敌兵的雪刃交叉处钻了过去。到陇海车站换车，又受到一番检查。检查员是两个年轻的中国女子，不但脸上，连手臂带脖子都涂了很厚的白粉，再衬着两片血红的嘴唇，分外地刺激着梦华那一夜未合的眼睛。其中有一个穿了太瘦的旗袍，隆起的乳房下打着很深的折痕，另一个则穿了兜着屁股的西式裙子，高跟鞋露着脚指头，脚指甲上涂着血红的蔻丹，走起路来好象站立不稳似的，你扶着我，我挽着你，两个人不知为甚么都咯咯地笑着。她们看了看这些等待检查的人似乎不顺眼，不时用恶狠狠的眼向人们盯着。她们检查到梦华的时候，先看了皮包，又解开大襟的纽子，摸了裤腰和口袋，两腿和两腋，又叫脱鞋摸了袜底，还回头又摸了衣领。最后竟搜查到孩子身上了，先抖搂了昂昂的小被，又脱了他的小皮鞋，结果惹得昂昂大哭起来，他尖声地叫道："不行啊，不行啊，这是姥姥买的呀！"他以为人家要脱去他的鞋子不给他了。等检查完了，孩子还一直抽咽着。当她们接着检查吴家和张家的时候，梦华买了一个蛋糕，一碗粥，坐在地上喂昂昂。等所有的客人都被检查完毕以后，梦华看见那两个女检查员对着那些拿了长枪的敌兵送着眼波，很轻佻地笑着，又互相挽着搂着地走了，留在后面的是那咯咯的笑声和刺鼻子的香水气味。

在陇海车上梦华抱了昂昂，靠着车窗，看道边吃草的黄牛，看麦垛旁的鸡群，看见一个大猪领了一群小猪，还有弯弯角的白绵羊，垂着长胡子的黑山羊，大树，小树，都很快地向后倒去，一会儿是一片丰盛的高粱，一会儿又是一片开白花的红薯，昂昂看得很是高兴。

当她同昂昂正在吃桃子的时候，有一队日本兵到这车厢里来巡查,一个日本兵到她面前来翻弄那一篮子水果,已经有两个桃子,两个梨子,和两个苹果都拿在他手里了,梦华想,即使不送他,他也是要拿去的,就索性请他拿去好了。那日本兵还问她是不是小孩的母亲,小孩是男的还是女的,小孩有多大岁数,又问她在哪里上车,最后才向梦华道了谢,拿着水果走开了。这本来是一件极寻常的事情,大家都不曾注意,可是一会工夫,梦华就发现了另一件事,这使她心里惊恐起来,在这个车厢的门口,立着一个敌兵,象是一个作特务工作的,他胸前挂了一个皮袋,里面不知盛了些甚么东西,他手里拿着一封信,还有一张像片,正远远地斜对着梦华,看看信,又对对像片。梦华表面上装着镇定,等到认定了那人的动作确是对她而来的时候,她心里就慌张起来。也许就由于她的慌张,情形就愈来愈糟,那鬼子竟把另一排和梦华斜对面的那人喊到别处去坐,他自己却同梦华斜对面地坐了下来,还是一面看看信,一面又看看像片,一会把信和像片放进袋子,一会又从袋子里取出来,然后又闭起眼睛来支颐凝思,假装瞌睡。梦华很自然地想到孟坚被扣的信件,又想到学校里的犬养和石川。她觉得事情很不妥当,有赶快告诉伍其伟的必要。伍其伟因为这个车厢太挤,坐在另一个车厢里,这时候恰好因为孩子坐车坐腻了又哭起来,梦华便借故哄着孩子到别处去走动走动,去找到了伍其伟,她对伍其伟耳语道:"伍先生,恐怕要出事情了,请你想想办法!"伍其伟叫她仍回原位去,并说千万要静定,即便有事他也可以应付得来。

她回到原位,孩子还是哭个不停,她把孩子抱起来摇着,她的心也和车身一样地在颠簸。而那位同行的张太太,却大声的喊道:"黄老师,黄老师,这个桃子好,真甜,你尝尝这个看!黄老师,怎么，你不要了吗？你再吃一个吧。"她这样一声声地喊"黄老师"，真把梦华急坏了，她平日是跟了她妹妹叫"黄老师"的，因此叫顺了口，无奈到了这种场合她还不知道改口，梦华假装昂昂要解手，抱了他到厕所去，就便向张太太说："张伯母，昂昂要解手，我袋里没有纸，劳您驾给送点来。"在厕所里她向张太太说明了眼前要发生的事故，出来以后，张太太果真沉默起来，她的两个孩子本来是大笑大闹着的，她竟然发了怒去禁止他们，她的两个眼圈本来是黑黑的，此刻她脸色完全变成了灰黄色，那样子十分可怜。这期间那个坐在梦华斜对面的鬼子已经走了，她心里才稍稍宽松一些，趁这机会也告诉了吴家姑嫂。谁知一会的工夫情形却更恶化起来，一队敌兵进来了，都坐进那一排位子上，更有两个托起长枪，插着雪亮的刺刀，一边一个把守住了车门。梦华正买了一碗糯米粥喂昂昂，忽然看见隔着两排椅子和她斜对面坐着一男一女，那女的将胳膊碰了那男的一下，并望着梦华，说道："可怜啊！"竟然眼泪簌簌地流了下来。梦华只觉得莫名其妙，不知道她在哭甚么，她所可怜的又是哪一个。那个男子却丝毫不为所动，而且说："可怜？可怜甚么？敢作敢当！你怕看，不看好了！"那女人听了，果然回过头去茫然地望着窗子，那男人又哼了一声，好象很生那个女人的气似的。稍过片刻，车上的查房来喊道："把乘车证拿出来！把乘车证拿出来！"这就更奇怪了，乘车证是在下车进站的时候查过的，为甚么又在车上检查？而当检查的时候却并不检查别人，只要去了梦华的和吴家二嫂的，好在看过以后甚么也没说就走了。后来那个茶房来冲开水，竟自言自语地说："好大胆啊，一个人带八九个！"梦华听了心里猛然一惊，她知道那是说的谁，也知道那个女人可怜的是谁了。她俯下头来看看她的昂昂,她这一刻还在爱惜地喂着他,怕他饥,怕他渴,又想到他不幸生在沦陷区里,至今还不曾见过爸爸,为姥姥所抚养,真是何等困难……她想得很多,她不禁心酸起来,但她不能哭,她知道哭是无益而有害的。她看看这一车厢的人,有多少都用怜恤的眼光望着她们,也有的在讥笑她们,她听到一个人说:"今天太阳要西晒啊!"有人不懂,就问他:"怎么西晒?"那人解释说:"忙甚么,一会下车就知道了,留下谁就晒谁!"这些话当然也是指梦华她们说的,恰好她们坐的那边正被太阳晒着。梦华把心一横,心里说道:"随你们的便吧!"可是临行时母亲的样子又现在眼前,她想:"母亲把我抚养成人,又替我抚养了昂昂,深恩未报,难道反连累了她老人家吗?惟一能奉养母亲的人,桓弟,难道也要受我的累吗?"一时之间,那些片肉的,削鼻的,灌煤油的,灌辣椒水的,还有恶狗咬死的,种种惨状,都一齐浮上眼来。她又想:"假如解回济南,三家连审,七扯八拉,一定连崔宝璐她们这些帮忙的人也一齐都勾出来,天啊!那时我将对得起谁呢?"她又低头看看昂昂,那肥嫩的小腿,小胳膊,再偷偷地窥视一下那闪在车门口的刺刀,那么尖,那么亮,她不禁自己摸一下心口,她真想抱了孩子从窗子里跳下火车去。这时候她又想起了那个要水果吃的敌兵的话,细细寻味起来,原来每句话都有意义。她心里已拿定主意,万一被解回济南时,无论受甚么刑罚,一人做事一人当,决定一字不吐,宁愿受尽种种惨刑,只要不连累别人。她的惟一的希望是能够留下孩子,由姥姥继续抚养,等长大了,孟坚回来时可以领去,但必须让孩子知道这件事,就是:他是怎么生的,而他的母亲又是怎么样死的!

　　下午三点钟,她们平安无事地到了商丘。

她们住在一个转运公司的大院子里。那院子西边是一排敞棚，里面满堆了布匹，桐油，麻，花生，烟，纸，还有其它种种货物。有一列北房，本是押运货物的人住的，现在腾出了三间，让给她们暂住。

她们刚刚把零星行李安排停当，伍其伟已经派人把她们的大件行李从车站上运了回来。当大家展开了卧具，稍事休息之后，梦华不禁叹息道："今天车上的事，难道还能说是虚惊吗？"吴采华就说："绝不是虚惊，我看我们隔了阎王殿只有一层纸呢，这条命是拾的！"谈话间公司的人已经开了饭来，伍其伟也来和她们一同进餐，他一来到就说："喝点酒压压惊气吧。"于是梦华开了她带来的凤尾鱼罐头，给伍老先生下酒。伍其伟看看门外无人，低声地说道："今天在车上的事还真险呢，若是当时告诉了你们，怕不把你们吓死！就是在检查乘车证的时候，检查队里边一个中国人问我：老先生，你和前边车厢里那些妇女们是不是一事？我告诉他是一事。他又问你们都是甚么人，是不是那边军队上的家眷，我当时很从容地回答他，说他是看错了，我说我们都是些买卖人，而且都是贩洋布的同行，我和你们当家的是至交，所以我这次到亳州柜上去和你们同路，你们其中年青的也都在济南做着事，有的是女警察，有的是电话生，亳州有生意，这次是到柜上去住家的，如不相信，只管打电话去问。"他说完了，就喝一口酒，接着又说，"你们之中准是有一位有福的，这篇鬼话，居然将那个走狗哄过去了。"他又说梦华是很细心的，先看出不妙来了，可是她吓得没了主意。于是大家都笑起来。吴采华也说："可不是，我和黄老师想的一样，真想跳下火车去。"伍其伟就哈哈大笑着说："若真个倒楣，让你跳火车，怕没有那么便宜。幸亏不曾跳，不然谁到四川去享福呢！"他这又是针对着梦华说的，说完了又哈哈大笑，她们大家也都笑个不止。正在笑着，公司的伙计在商丘替她们办来了良民证，济南的乘车证到此作废，如没有商丘的良民证她们是不能出去的，她们衷心的佩服伍老先生办事的敏速和细密。伍其伟自斟自饮，眼看一斤多白干快完了，他一张圆圆的脸喝得飞红飞红的，话也越来越多，显然已经有了醉意，她们劝他说，坐了一天一夜的火车太累了，应当早些歇息，他说要拿两个梨去，她们请他连那盛水果的篓子也带去了。

十八

　　自从上路以来，昂昂已经显得消瘦多了，睡眠既不能象在家那样舒适而充足，饮食更是不能如在家那样适合他的胃口。在家里，一切都有姥姥照料，只就饮食方面说，一天到晚总有种种变化，糯米稀饭，挂面，蒸蛋，都是些容易消化的东西。现在是跟同路人一块儿吃，一顿饭有时只吃一小口馒头就不再下咽，想出去给他买点甚么东西，伍其伟却总是不准，说出出进进难免"招风"，她真担心昂昂会闹起甚么病患来。好在昂昂已经同张家两个孩子相熟了，他们在一处玩耍，在那大院子里你捉我我捉你地作些游戏，也还热热闹闹，十分高兴。不过偶然想起姥姥，说要马上回去找姥姥，这却叫梦华非常作难。

　　由商丘至亳州，本来是通汽车的，只需一天多便可以到达。她们一直等了三天还没有汽车可乘，大家都感到非常焦急，因为长住下去不但耗费太多，而且在敌区耽搁太久了也有害而无益。洋车，马车固然也可以坐，但路上恐难免迟误，而最令人担心的还是路劫。据伍其伟说，前天还抢劫过一群布商。后来他一再打听的结果，有三辆运货的马车要去亳州，但只能带人，不能带行李，他劝她们说："这年头行李是算不了甚么的，无论甚么贵重东西，只有带到了地点才能算自己的，最要紧的还是先走人！"他还一再地劝她们再化化妆，最好都穿上长裤短衣，拿手帕包起头来，而且她们都早已留长了头发，现在最好是梳成发髻。这提议又使她们暗笑起来，觉得怪不好意思。梦华就想起了她临行前因试衣而被崔宝璐吓了一跳的情形，她甚至想告诉大家，但终于未曾开口，也只是在心里暗暗地自笑罢了。伍其伟看她们对于化妆的事似乎并不认真，就更进一步说，从前在济南不肯化妆，是为了怕熟人遇到反而不方便，现在除了自己人，不会再遇到任何熟人了，不但没有不方便，反而是可以便于行路的。虽然大家还在笑着，但等伍其伟去后，她们就郑重其事地准备了起来，因此闹得心里七上八下，又是一夜不能安眠。吴采华的母亲说："你们要多穿几条裤子啊，也要多穿几双袜子，外面穿好的，里面穿坏的，劫路的抢去了好的，还可以给她们留下坏的。"梦华听了这话又是觉得好笑，又是觉得可怕。张太太又说："我这个人才真是傻瓜，不但那天在火车上的事没有看出来，就是土匪劫路，我虽曾遇到过，当时却还不明白他们是干啥的。有一年，我和三妹打聊城上济南，迎面来了一群人先叫我们的汽车停下，然后又将乘客都撵下来，我问是干甚么的，三妹偷偷地碰了我一下说：'二姐，别说话啦，一会你就会知道的！'果然，一会将我们的行李都拿了去，又抢去了我手上的两个金戒指，还有我腰里的百十块钱。"梦华听她们这样不断地谈着，只是在床上辗转了一夜。第二天早晨六点钟刚要出发的时候,公司里伙计忽然跑来说,九点钟有开往亳州的汽车,伍先生已经把一切都交涉妥当,她们马上就可以带着行李去上车了。

汽车到了亳州,她们住在伍其伟的朋友高月波家里。高月波是亳州商会的会长,是水陆码头的首领,喜欢交游,又爱帮助贫苦患难中人,以此来往过路的客商,多在他家里落脚,在这一路上如提到高月波,是没有不知道的。

进得第一院,一列南房是五间大厅,有石榴树,梧桐树,又高高地搭了凉棚,小昂昂一进这个院子就拉着妈妈指指点点,显得非常稀罕。梦华第一眼先注意到了贴金的绿屏门上那四个红漆大字,"福禄祯祥"。第二院的西边是砖砌的花墙,上面盖满了爬山虎的绿叶,有一个圆门通入一个小院,圆门上有石刻的横额,是"晦园"两个字,旁边有一副对联,是"风到夜来频讯竹,鸟窥人静乱啼花",这个院落实在幽静得很。她们住宿的地方是三间小楼,这小楼雕栏画栋,极其精致,楼上有一个小匾是"得月楼",楼下藏书甚多,想见主人的风雅。楼前有一列荷花缸,正翠袖红裳,亭亭玉立地盛开着,楼角一丛翠竹,几棵美人蕉正开满了黄花,一树马缨,高与檐齐,红英委地,依在绿茸茸的苍苔上,沿着甬道还种了些鸡冠,凤仙,剪秋罗,茉莉之类,楼栏上又摆了几盆玉簪,时时有香气袭来。梦华在这里凝神多时,她觉得这地方很熟悉,很亲切,好象自己曾经到过这地方,好象自己也有这么个地方,原来她多少年来就梦想有这么一处园林,有这么一个可以安身立命的"家",她在给孟坚的信里就不知提到过多少次,而此刻自己却是在长途的跋涉中,对于一个"家"的梦想是完全渺茫了。她又想，如果她将来也有这么一个住处，那一定又不尽相同，那大概是比较这里的一切还更朴素些，更清简些的。她站在楼前，凭栏四望，心想这楼东向，确乎正好玩月，可惜天不作美，她们到达以后不久，就下起蒙蒙的细雨来了。

一连落了两天雨，第三天雨止天晴，当晚找好了车子，她们决定第四天起程。

住在高家，为了严密，为了怕走露风声，伍其伟在高家的佣人中间都一再嘱咐过，并且多给了他们一些酒钱，其实他们也都明白，因为有多少从沦陷区跑出来的人都从这里经过，然后又到后方去。临行以前，伍其伟在守城门的军警那里也花了些钱，叫他们不要为难，他并且又从高家拿了商会的名片，派一个和军警相熟的佣人送她们出城。

那种手推小车都是单轮的，后面捆一点行李，人就坐在中间。她们连人带行李一共十六辆小车，吱吱呀呀地刚走到城门，鬼子兵就挡住了去路，于是所有的车都停下了，人自然也从车上下来。鬼子们用雪亮的刺刀指着她们，厉声地问道："哪里去！"昂昂吓得躲到梦华的腋下，不敢抬起头来。伍其伟早已过去答话，高家的佣人也去和伪兵打了招呼，交了片子。负责检查的是中国人，说明白每一辆车上只打开一件行李。鬼子认为不满意，又另外打开梦华一个皮箱，将折得整整齐齐的衣服一件件都抖搂开，抖得乱七八糟，又一齐塞进了箱子，又拆开一床被子，把棉絮扯成零星的碎块，倒出了一个小枕头，里面的蒲绒飞起来，有如一天飞絮，又倒了一筒茶叶，卸了电筒。虽然也耽误了一些时间，她们又深幸闯过了一道关口，而且都在心里松一口气，叹道："这是最后一关了！"

出城七八里，天又忽地阴合起来，接着是一阵大雨。她们都淋得象落汤鸡一般，头发上的水直向下流，衣服都紧紧地贴在身上。雨太大太急，路上的水简直流不开，梦华抱了昂昂，吴采华又搀了梦华，多少次她们的鞋子都被黏掉，她们就只好赤了脚在泥泞中蹒跚。幸亏道旁有一座关帝庙，她们就到里面暂避。庙的红墙已坍塌殆尽，神龛上罩满了蛛网，香案上堆满了灰尘和鸟粪。关帝的神像也剥落得不堪，只有周仓的白马却还相当完好。墙角里有用破砖砌成的炉灶，有破瓦罐，破水壶，一堆破棉絮里有一个老乞丐在那里打瞌睡。雨来得快，也晴得快，稍停了片刻，她们又继续赶路。临要动身时她们才又发现那庙旁的一棵大石榴树后还遮着一个人家，那是用破砖烂瓦盖成的两间小屋，那墙头上都是破盆片破瓦片，土墙上挖了一个洞，那洞里嵌入了一个小小的破水缸，一块破门板用树皮拧成的绳子拴在一根木柱上。梦华想道："这真是所谓瓮牖绳枢的样子了。"见了这样的情景，梦华又想起了亳州高月波家的情形，她想：无论如何，这也总是一个"家"呀，可以长期安身，可以一家团聚，也自是一件乐事，再想想摆在自己面前的道路却是那么遥远，遥远得象永远不可企及似的，虽然希望也在前边，但梦华到底还难免感到了一些软弱。

那绳枢瓮牖人家的门前有一盘小磨，磨上放一个汲水的瓦罐，有一个褴褛的老妈妈和一个十三四岁的小姑娘正在那门里剥包谷。张家的小孩子嚷着要喝水，张太太刚把小磨上那瓦罐提起来，还不曾到水缸里去舀水，那老妈妈就厉声地嚷道："放下！放下！"一面又到里面取出一把黑漆漆的泥茶壶递给张太太，那壶里是茶，味道是苦的，仔细看看，茶里泡的却不是茶叶。那老妈妈笑着说："喝吧，是竹叶金银花，可以败火的。"昂昂望着那大石榴树只是不走，并拉了梦华去看那一树大石榴，那老妈妈看到了，就伸手摘一个石榴送昂昂，昂昂喜出望外，笑得很不好意思。

　　去亳州西行十八里，就入了中国军队的防地。远远地看见了中国军队的哨兵，她们心里想道："这一次可好了，不但不受检查，而且也有了保障。"她们觉得只凭了"中国人"三个字，一定可以象走入自家的门坎似地走过去，然而她们却失望了，实在比失望还痛苦。老远地那哨兵就把她们喝住了，他去报告了队长，分明是请那队长来检查她们的。那队长第一句话就问她们是不是日本的女间谍，这一问简直使她们不知如何回答，就连伍其伟也沉下了脸色。等伍其伟和梦华她们说明了她们的去向以后，那队长却又一再追问她们带有甚么公文，有甚么证件，她们说即使有甚么证件也无法携带，日本人检查得那么可怕，这一点他也应该知道。那队长看看别无可问，因见梦华面黄肌瘦，就问她是不是吃海洛英或白面，经这一问，梦华简直气得浑身打起颤来，她历来连卷烟尚且不吸，怎么竟会说她吸海洛英或白面？她已经很久不照镜子，自己也不知道自己是甚么样子了，但经过一个暑天的焦急和忙碌，又加上一路的困顿和忧惧，当然脸色十分难看，不管怎样，在梦华觉得这真是最大的侮辱，她想那中国队长也许是存心敲诈，无奈这却是无法分辩的，她只好把这种委屈用力地吞咽下去。而当那位队长检查的时候她也看得明白，他所最注意的乃是那些小小的纸包，她为昂昂所带的暑药等都一一地打开，且一再地放在鼻端闻嗅，最后拿了两颗广育堂的保婴丹去，既问到治甚么病，又问到大人是否能吃。等检查完毕，她们又过这一关时，她们才冷冷地笑着说：原来前面那一关乃是敌人的最后一关，而这里的一关乃是中国的最初一关。梦华听了，并不言语，她脸上有一种忍禁的苦笑，那苦笑很快地就消逝了。

由于两次检查，又因为落了雨，一日之内她们只走了很少的路。到了晚上，她们住在一个小村子里，这里没有店，她们就住在一个人家的大场院里。当晚她们吃的是凉面，有炒蛋，有大蒜凉拌粉皮黄瓜，她们竟吃得非常满意。因为屋子里又湿又脏，简直不能睡，她们就睡在外面，把席子铺在麦垛上，微风吹着，既没有蚊子，又没有臭虫，软软地躺下来，仰望天空，远远地向边际垂去，一片澄碧，有繁星点缀，一钩新月，正从树隙间露了出来，这样的露宿在梦华真是新鲜极了，可惜总是不习惯，觉得四面太过空旷，颇难入睡。破晓时一阵驴鸣，竟把她们吓了一跳，蒙眬间又有一种在各处乱嗅的声音，原来有一群猪已经在麦垛附近哼哼地叫着觅食了。

早晨的晴朗使她们感到欣慰，她们庆幸这一日或不致再被雨淋。但到了下午一两点钟，天空连一片云影也不见，太阳好象一片火，炙得人皮肤发痛。为了不致遮住车夫的前路，坐在车上是不能打伞的，于是就只好直头直脑地让太阳晒着。

整个的平野上连一丝风也没有，只有车子从高粱地里穿过时，高粱叶子磨擦出一些窣窣缲缲的声音，算多少给人一点凉意。为了逗引孩子不致过于无聊，梦华就同昂昂讲些闲话。昂昂已知道回家无望，如今就只是盼着住店，他自己总也不住地哼着，说："怎么还不住店啊，店里铺席铺被，吃豆腐吃鸡蛋。"仿佛在自己唱着歌安慰自己。昂昂说高粱是大扫帚，谷子是狗尾巴，他也认得甚么是白薯花了，有时就自己数说道："一片大扫帚，一片小扫帚，一片白薯花，一片狗尾巴。"说着说着竟自己睡着了，等睡醒之后，睁眼一看，还是"一片大扫帚，一片小扫帚……"真是数不尽走不尽的路啊！

因为天气太热，车夫们实在行不得多少路，走不过十里八里，就必须休息，午间太热时不能走，太阳落地以后又惟恐青纱帐里钻出劫路的来，所以每天都是早歇，这样，应当走三天的路，就非五六天不可。到了将近新黄河的一段路，因为泥泞太深，小车不易推，她们也就只好下来步行，梦华赤了脚，一手提了鞋子，一手抱了昂昂，在泥水中一直走了八里之遥，她的胳膊几乎痛得要断下来了。

八十里的新黄河！这在她们是早已有了深刻的印象，但到达之后，却出人意料的顺利。所谓河，也只是被黄水淹没了的一带地域，不过水面甚广，需要一天多的时间才能渡过。听车夫说，当初国军为了杜挡[1]日本，便掘开了黄河，黄水改道，便成了新黄河，结果敌人并未挡住，倒是把老百姓淹苦了！在黄水淼淼之中，她们看见里面还有高大的树株，只露着树梢，有漂走的屋梁和破烂的桌凳，有些人家，还留恋着那墙倒屋塌的故巢，就好象生活在荒岛一样。水面上来往的是笨大的帆船，远远看去，只是缓缓地蠕动。并不曾费多少时间，伍其伟已经雇妥了一只大船，她们的行李也都放入了舱底，她们八九个人也同样横躺竖卧地休息在舱里。舱里闷热得象蒸笼一般，热得人大汗直流，简直喘不出气来。昂昂哭着要出来，梦华就抱着他坐在船尾上。

太阳将要落地时，水面上有如万道金蛇在跳动。这景象是梦华从所未见的。当她们的船行经一个小小村落时，有两个穿了军服的

---

[1] 杜挡：阻挡。

人在追着船喊，意思是要搭船，撑船的不但不理他们，反而更加速地撑船，急得那两个人直喊直骂，渐渐地两个人影越变越小，终于看不见了，那厉骂的声音却仿佛还在天水之间飘着，伍其伟说半路里是不允许搭船的，因为半路搭客时常遇到劫匪。到了昏黑的时候，她们又到了一个村庄，伍其伟说反正赶不到码头，与其深夜赶码头，倒不如就在船上宿在这小村子旁边。码头上歹人太多，看见这一船行李，说不定会发生意外，大家都同意了这个提议，船就在这荒村旁边下了锚。船家先到村子里去办来了晚餐，菜瓜，面片，面条，面疙瘩，合在一起煮来了两大盆，她们所用的那粗得象手杖一般的筷子，和大得象小盆一般的土碗，都使梦华感到稀奇。晚饭后梦华就抱了昂昂在船尾欣赏这水上的夜色，月亮照着白茫茫一片水，象无边无际一幅白练，远远的树影屋影，都隐约地罩在银雾里，很多萤火虫，带了耀耀的星光，从密密的树叶中穿了出来，在水面上闪烁着，触着了船舷，又陡地飞去了。夜静时天地岑寂，除了咯咯的蛙鸣，和远村的一两声犬吠外，甚么声音也没有。偶尔有一两只怪鸟，一面飞着，一面叫着，掠过了天空。

　　水面的风特别寒凉，梦华觉得凉透了全身，但她没有进船舱去，因为舱里还是象白天一样的闷热。她拉了一条棉被给昂昂盖上，并顺便摸一下昂昂的前额，昂昂的头热得象火一般烫手，她这才知道昂昂真是病了。所余的一点药品，都已放在舱底的行李里，舱里睡满了人，此刻自然无法寻找，她无可如何，只好听其自然。昂昂本来是睡着的，忽然两手一扬又醒了，哭着喊道："猴子！打啊，打啊，抓我的腿了！"梦华的心紧缩得象针刺一般，无可奈何地唤道："昂昂，昂昂，不要怕，妈妈在这里。"一会昂昂又瞪大了眼睛要水喝，壶里的水早已被大家喝干了，梦华到灶间里去看，水坛子里一滴水也没有。昂昂渴得厉害，看见妈妈回来，就抓住妈妈的头发乱撕。梦华看孩子太痛苦了，便就船边臼了一碗河水，那黄泥汤浓浓的就象一碗粥，昂昂竟一气把它喝完了，他一连喝了三大碗，连一点泥渣也不剩，梦华心里想道：这真是没办法呀，既不能看着孩子渴坏，但喝了这么多黄泥汤也未免太冒险，万一孩子有个好歹，岂不令人悔煞！然而一切都出人意外，孩子喝了三碗泥水，在凉风中吹抚着，在梦华的怀抱中竟呼呼地熟睡了。第二天太阳出来，天气又是十分闷热，梦华再摸摸孩子的前额，昨夜的烧热竟完全消退。昂昂睁开眼睛第一句话就是要吃东西，可惜这时候甚么可吃的东西都没有，幸亏托伍老先生向推车的人借到了一个酸馒头，昂昂只吃到一半就放下了。

第六天她们到了界首。到这里为止，伍其伟的责任就算交代了。

进入镇市以后，看见大小商店都插了国旗，不知正在欢迎甚么人。她们看了这些旗帜，一时之间生命中完全被欢欣充满了。又仿佛在外面受尽了野孩子欺侮而回家看到了母亲的孩子一般，有些垂下来的旗子一直触到了她们的头上和肩上，那正如母亲的手所给与那受屈的孩子的抚慰，她们真感到有多少话要诉说，有多少泪要挥洒，几年来在沦陷区所受的凌辱，近些天来在路上所受的委屈和折磨，仿佛都是为了要看见这些旗子，也正为了这些旗子，她们所经受过的一切也仿佛都是值得的，都是无所谓的了，就连这最新的伤痕，那个中国队长所给与梦华的屈辱，也已得到了平复。梦华看看那些旗子，又看昂昂，昂昂也被那些灿烂的旗子所迷惑了，大大的眼睛里闪耀着新奇。梦华忽然想起游击队进攻济南的情形，那天早晨她曾经抱了昂昂攀登到高窗上去看城墙上新插的那面旗子，她又想起当南京伪政府成立的那一日大家所想象中的那旗子，就连在学校中学生们为了秘密开会而画在黑板上的旗子她也想起来了。她望着面前这些绚丽的颜色，只觉得太高尚，太美丽，她被照拂在这些好看的颜色中间，她的过分的喜悦简直使她不能相信，她还疑惑到也许是梦境，因为在梦里常有这样的情形，喜欢得莫知所以了，心里就想道："这一次可不要再是一场梦吧！"醒来了却仍是一场空。她伸出手来看看自己的手掌，又去握住一面旗子，她觉得那旗子的一角确乎是被她实实在在地捏在手中了，那布质是那么坚韧，而又那么柔滑，一阵风来，旗子被吹得虎虎地发出声音。她又闪开身体看一看自己的影子，又仰首看看天空，天空正映着日头，一点不错，一切都千真万确。她觉得她的胸中有一股喷泉在用力地向外涌，一直涌到她的眼里，她觉得有泪水在她脸上向下爬行，她又侧身看一看吴采华，吴采华却正在掏出了小手绢揩拭两个眼睛。她忽然辨不清自己是悲是喜，她本想对吴采华说："看啊，我们的旗子！"而她的唇间几乎发出"孟坚"两个字的声音，她深幸自己并未说出，脸上带着泪，心里却偷偷地有一个微笑。多少年前一个小故事却突然回到了记忆中来：孟坚是一个最怕计算数目的人，有一次为学校同仁管理伙食账，到了一个月的结尾，差五毛钱，他无论如何也算不对头，一直算了半天还是差五毛钱，到了吃午饭的时候有同事问他："孟坚，现在甚么时候？"他看一看自己的手表，截然地答道："十二点不到，差五毛！"惹得大家都哄笑起来。她今天也犯了同样的错误，她决定到达成都后见了孟坚也要告诉他这个小故事。

从界首到成都，如果路上并不怎么耽误，最少也还有二十天的行程，路途还是非常遥远的，困难也还正多，然而在梦华的心理上却觉得是朝发夕至的样子，所以她一面指着头上的国旗，一面笑着对昂昂说：

"昂昂，你看看这些旗子，我们就要找到爸爸了！"

十九

应该走二十天的路程,却走了五十几天,这中间耽搁的原因是天时的阴雨,同路人的疾病,而交通之不方便尤其使她们最感受痛苦。这一路最重要的交通工具自然是汽车,而使人最感到麻烦的也还是汽车,先是买不到票,据说定价的车票大都当作黑票秘密出卖了,既购到了车票,又不能按期开行,一再拖延,一再失信,即使勉强争着上了车,车上的秩序却又乱得厉害,女人小孩,只在车上拥挤也会挤死,而沿路上车子的损毁,修理,又耽误很久,她们在路中看见不少倾覆的汽车,被轧死的人和被摔毁的车都躺在路旁的山沟里无人过问,真吓得她们捏一把冷汗。总之,她们到了后方以后所见的是各处无组织,无秩序,不合理,不负责,不求效率,这些情形都是完全出乎她们意料之外的。

到达西安之后,张家母子三人就转往兰州,到了广元,吴家四人也完全留了下来,以后的路就只剩了梦华母子两个。梦华在这以后的旅程中虽然有时感到寂寞，尤其是昂昂，他因为同张家两个孩子玩得太久了，乍一离开，就失掉很多旅行的兴趣，但梦华却因此更多得了一些观察与思索的机会。在沦陷区的生活，以及在敌区的道上所经历的种种，此刻仿佛已消逝得很远，那好象已是另一个世界里的事，而自从进了自由区以后的新印象却又充塞她的记忆。她最觉得奇怪的是西安那种升平气象，在那里，一切都如平时一样，甚至有些方面比平时还更骄奢，更繁华得不近情理，人们除了偶尔跑跑警报外，简直已不知道有甚么战争在别处进行着。当她未出沦陷区以前，她想象着后方的情形完全是另一个样子，她以为后方任何地方都在战争中改造过，一切人，一切物，一切事，都应当有了新的面目，她想象不到后方的大都市也还是这样毫无进步。因此她倒时时想起潼关那一带景色。诚如伍其伟所说，她们在那一段路上骑驴爬山，听敌人的大炮，任驴子满山乱跑，看危城断垣，瓦砾荒草，但她也只有在那里认识了战争，凭了那些景象，她想象中国的军队曾在那里拼过，斗过，流过血，也赢过胜利。她甚至希望能多看一些那样的地方，那可以给她以新的刺激，新的力量，却不致叫她灰心而又丧气。沿路上她很少看见整齐的军队，她偶尔看见一些，都是象些乞丐一样，穿得既极其褴褛，形容又十分憔悴，都象些大病初起的人，何况有几次她还看见他们是象罪人一般被一连串地捆缚着，有荷枪携刀的人看守他们，惟恐他们逃跑，而最使她痛苦到无以复加的是他们的歌声，他们被捆缚着，禁锢着，口里却唱着"争自由，争自由"或"起来，不愿做奴隶的人们"，他们唱得不整齐，又无腔调，简直如同哀哭。当初她也会唱这些歌子，也喜欢听这些歌子，但自从听了这些兵士的歌唱以后，她就不敢再想到这些了。她们在大安驿住得最久，而梦华在这里的损失也最大，经过了那么些困难才从家里带出来的东西，而且都是她和昂昂所不可少的衣物，几乎被盗窃了大半，明明知道是被甚么人所窃，但又无可如何，当时有人曾经提议说要去找当地的保甲长，请他给设法寻找，宁愿出钱把东西赎回来，无奈旅馆的老板娘却说："算了吧，你想保甲长是干甚么的？难道他还不是和那些偷东西的一伙？你要他帮你办事，他就得先讹你诈你！"在被偷的那一只箱子里她记得清清楚楚有昂昂的几件心爱的玩具，一把小洋伞，一支小枪，还有一对小磁娃娃。一旦孩子说要他的玩艺，她不知道该怎样答应他，若说是被偷了，被抢了，孩子一定要大哭大闹，说不定越是无可如何他就越向她索讨，就象孟朴从乡下带给他的那些小刀小羊的饼干一样。此外印象最深刻的，莫过于她沿途所看见的老百姓的痛苦，到处是贫困，到处是疾病，到处是奴役，到处是榨取，她看见有些山里人因终生劳瘁几乎失掉了为人类的本来面目，她看了那些人简直想哭，再把这些人的生活和大都市的骄奢淫逸作比较，那真叫人感到不知人间有多大的不平，然而无论多么艰难的事，也都是这些贫苦的老百姓干的，就如她经过五丁关朝天观所见的那些开山辟路的男女老幼，他们是乞丐，是野兽，衣不蔽体，食不果腹，遍身泥垢，面目无光，然而那么大的工程却由他们的手指完成了，她走到那些地方，看见那些可怜的同胞用了一种不可捉摸的眼光躲避她们所乘的汽车，她心里真是惭愧得要死，而她立时也就想起了那些被绑着的壮丁，她明白那就是那些老年夫妇的儿子，就是那些壮年媳妇的丈夫，就是那些孩子们的父亲，他们都在饥饿中被捆上前线，他们的父母妻子就跪在山路上敲石块挖泥土！谁能说为了抗战建国而不该人人出钱出力呢？然而，然而她所看见的却和她所想象的相去太远了！

车到成都附近，那道路的平整与光滑是她历来所不曾见过的，两行行道树的高大与整饬就连小昂昂也看得神往了。将近市区的时候汽车就停了下来，因为这里有一个检查站，旅客们就都要下车等候检查，并登记来处和去处。其他的旅客大都很简易地放过了，只有梦华却又遇到了难关，她说她是从沦陷区逃出来的，这一项就先引起了检查员的注意，当她又说明她所要去的最后目的地时，孟坚所在的那个学校的名字就更使检查员发生了兴趣，那检查员一再地打量她，居然问到她到那学校去找甚么人，她也毫无踌躇地把"雷孟坚"的名说出来了。她当时心里还想道：莫非孟坚在这里有相熟的人，或者曾嘱托了朋友在这里接待她？但当那个检查员到办公室里去了一会，回来时却又请来了一个好象长官模样的人，那人又仔细看看梦华，又看看昂昂，于是命令仔细检查行李，这一次比任何次的检查都厉害，无论甚么行李都打开，连大人孩子的衣服口袋也都看过了，但终于也毫无所得。看那个人竟好象开玩笑的样子，又一再打量梦华，并没有再说甚么就走开了。那么多行李都凌凌乱乱地打开着，这叫梦华费了多大力气才又捆扎起来，她又疲乏又气愤，想不到已经来到目的地了，却又遭了这些麻烦。但她转念一想，又自己安慰自己，以为这样的检查也许就是必然的，而且才真是所谓"最后一关"了，大概因为她说是从沦陷区逃出来的反而引起了他们的疑惑，她很后悔为甚么自己不说是从西安来的。好在再等片刻就可以看见孟坚了，等见了孟坚再诉说这些冤苦吧，她想到这里，心里简直突突地跳起来了。

人力车在市区的街道上跑着，她心里感到无限的喜悦，她想起孟坚给她的信，那信里说成都有如北平，这话确乎不错，那街道的宽阔，街树的整齐，那些大门第，大影壁和红漆大门，那些从大门里望进去所看见的树木和盆景，那些从高高的垣墙上所能看见的高大乔木，一时之间，甚至连那些市声，那些闲适的行人，她都感觉到有如回到了故都一样。于是她又想象出一座住宅，那里宽阔，敞朗，幽静，古色古香的建筑与园景，她想道："也许孟坚就是已经租了这么一座房子等待我们来住家的，若真是在这么一个城市中住这么一个庭园，那真是有福了，即使永久下去也是可以的。"她又不住地向左右顾盼，而心里则想到也许孟坚会天天盼她来，每天于班车到后他也许就出来散步，并试着迎接她，假如万一在街上遇见了，那又将如何？那岂不象他们尚未离别以前，当她因为一点小事到街上去，回来时坐在车上忽然遇见他的情形一样！她又想他们这么久不见了，乍一见面，真不知从何说起，她并且下了决心，无论如何要强硬一点，决定不让孟坚笑她软弱，她已经吃了这么多苦，难道她还不够坚强吗？她立志不在孟坚面前落泪，即使是欢喜的泪也不落一滴。她看看昂昂，昂昂第一次见爸爸，他可会怕生？她相信孟坚一定会喜欢孩子的，只要孩子能喜欢爸爸就好了。她就把昂昂抱紧一下，并亲一亲昂昂的腮颊，说道："昂昂，我们就要看见爸爸了，爸爸会疼你的，你在家时不是说想爸爸吗？你还会在爸爸的像片上亲亲，见了爸爸可要乖乖的呀！"孩子听了自然是非常喜欢，但一种腼腆的表情立刻现了出来，他藏在妈妈怀里偷偷地微笑。

车子到了××街，她远远地望见了学校的牌子，那牌子上的几个字和她想象中的完全一致，车子停在门前，她仰首看那门牌，也正如孟坚的信上所写的，为了避免敌人的检查，他总是只写门牌的号数，而不写学校名字。她下了车子，走进门房，一个工友正在那里打瞌睡，她向那工友问到孟坚，那工友怔了一会，然后才反问道："你是问雷老师吗？"梦华说："是的。"那工友却说："雷老师昨天走了。"梦华问雷老师到哪里去，工友说不知道。梦华觉得好生奇怪，她感到她的神志有点恍惚，地面房屋，仿佛在她脚下摇撼起来，就象在船上一样。这时候车夫已经把行李卸下来了，她象一个木人似地付了车钱，车夫走了，她却不知道如何安排她自己。正踌躇间，忽然听到有人喊"雷太太"，她吃了一惊，迎面走来的是杨明斋先生，他是孟坚的朋友，和梦华早就熟识。她见了杨明斋却不再问到孟坚，只是脸上显出了苦笑。杨明斋也不提孟坚的事，只是赶快吩咐工人把梦华的行李暂时先搬到他自己的屋里。他打量一下昂昂，说道："小宝宝来，让我抱抱吧！"他是很喜欢小孩的，他的太太和三个孩子都留在沦陷区，他看见梦华带着孩子来了，心里也有无限感动。梦华却惊讶这个老实朋友比从前显得衰老多了，他本来是很胖大的，现在却显得相当瘦小，她还记得他那爱开玩笑的脾气，但此刻他的表情非常严肃，非常深沉，对于梦华的到来仿佛感到十分为难似的。她俯下身来对昂昂说："这是杨伯伯，记住，要叫杨伯伯呀。"孩子莫名其妙，假如妈妈不说是杨伯伯，在他的小心眼里也许猜想这是他爸爸，也许还会问为甚么和爸爸的像片那么不相同，他只睁了两个大眼，并不作声，等一切安顿好了，工友给梦华打了洗脸水来，并为她泡来了新茶，一直并未说甚么话的杨明斋，才慢沉沉地从贴身的衣袋里取出一封信交给梦华，他用低抑的声音向梦华说道："这是孟坚临走时给你留下的信，我既怕丢掉，又怕别人看见，想不到他昨天刚走，你今天就来了！"梦华用颤抖的手把信接过来，那信里写道：

"我一直在等你，想不到不曾等到你，我就走了。我知道我的走一定给你痛苦，你经过了千辛万苦到这边来，来到了却又扑一个空，我想到这一点也感到心痛欲裂。但是这实在是无可如何的事，我只好这样忍心走开了。

"我一向的态度你是知道的，无论到甚么地方，无论做甚么工作，总是本着自己的信仰，本着自己的认识去努力。环境越是黑暗，我们就越该奋斗，非到了无可如何时绝不随便放手，但到了不但无可作为反而将遭受危害时就只好见机而作了。

"在你的想象中，你一定以为这边一切都是光明的，但光明之中也正有黑暗，这里的黑暗也许还正多于光明。我们为了创造光明，为了发扬它，传播它，已经费了很多力，现在我走了，我要到一个更新鲜的地方，到一个更多希望与更多进步的地方。我希望你不要因为见不到我而悲哀，但愿我们能在另一个天地里得到团聚。

"关于这里的一切，关于我的一切，都可以问明斋，如有困难，也可以请他帮忙，我所去的地方，以及要去那地方的手续和路线，都可以问他。这些都是秘密的，你当然可以知道。我的行止除二三知己外任何人都不清楚。我在这学校的工作也还空着，假如你愿意在这里看看，在这里观察一下，体验一下，也休息一下，你就可以代替我的功课而住下。这件事我临行前已经同校长说过了。

"请原谅我，我有的是痛苦，也有的是希望；我有的是憎，也有的是爱。

"请替我亲亲小昂昂，可怜的孩子，跑这么远来了，却见不到爸爸！"

梦华看完了信，只是觉得茫然。继而从杨明斋的叙述中，才知道一切都是政治问题，都是思想问题。他说孟坚在这里所领导的青年运动，所办的青年读物《引力》，他说这刊物只出过两期，然而在后方的青年群中已发生了很大的力量，后来又由于学校里人事上的磨擦，于是事情就闹大了，先是上边来了命令，强迫解聘几个教员，孟坚当然是其中之一，后来就逮捕了很多学生，一直到现在还不知关在甚么地方，放假以后好多人都走了，学生也走了很多，现在学校里既冷落又紊乱，当初孟坚还是坚持不走，后来几个朋友劝他说，为了避免无谓的麻烦，还是走开好些。孟坚所不放心的也就是梦华她们的可能到来，朋友们说可以代他照顾，他这才秘密地走了。他又把孟坚的去处描写了一番，又把路线画了出来，终于说："这件事也非常困难，有多少走了的又被截了回来，等截回来时可就更麻烦了！"梦华又问到洪思远的消息，杨明斋长长地叹了一口气道："那真是一言难尽了！"他说洪思远从流亡出来以后就一再地遇到麻烦，由于他在学生中间时常发表谈话，又常在外面发表言论，他一向被人家认为思想不正确，先是扣他的稿子，后来就连朋友的信也都扣留，最后连家信也被扣留了，他也就索性不写信。当时有好多人劝他走开，他却更固执，一直到了这边，就和学生们一齐被捕了，学校里一直设法打听关在甚么地方，却一直打听不到。明斋说罢又是叹息，他那满是忠厚之气的脸上看来全是皱纹了。梦华听了，心里倒平静了许多,她刚刚到来时因不见孟坚而感到的那种难言的感觉竟完全消逝,此刻她所感到的却完全是一种从未感到过的新鲜感觉,而她所想起的却是她进到所谓自由区以来的那些使她痛苦的印象,她这才了解洪太太之所以接不到信的原因,她进入成都市区时之所以被严密检查也完全明白了。

谈话中间,杨明斋已经吩咐厨工特为梦华送来了晚膳。他是早已在膳团里吃过饭的,他说要到街上去买点东西,就留下梦华母子两个,他一个人出去了。梦华虽然在路上时早已有点饥饿,现在却无论如何吃不下,昂昂看见这里的饮食和路上的饮食不同,倒吃得相当高兴,梦华只不过陪他喝一点汤罢了。杨明斋果然很快地就从街上转了回来,他并不是去买别的东西,原来完全是为了给昂昂买糖果而去的,昂昂吃过饭又吃糖果,心里喜欢得了不得。等厨工把盘碗收拾去后,杨明斋就又提出了功课的问题,问梦华是不是愿意接替孟坚留下的功课,假如愿意,他明天就可以告诉教务处,学校里可以马上发聘书,开学的日子也即将到来了。梦华稍稍思索了一下,却作了文不对题的回答,她对杨明斋说道:"不必,反正我的路费很充足!"这句话虽使杨明斋摸不着头脑,而梦华自己却正有无限的意思。她记起了孟坚长途跋涉之后给她写的那封信,那封信里的话此刻才完全了解了,他曾说:"这一次长期的走路,对我益处太多了,我见了许多未曾见过的现象,也懂得了许多未曾懂得的道理。我懂得了走路的道理,也认识了生活的道理,也认识了人类生活的道路。"这也就是梦华所要说的话。在杨明斋心里,以为"路费"就是"路费",而在梦华自己,则所指的毋宁说是一种支持并开拓人生道路的力量,一种可以使自己不断前进的资本,她现在觉得以后再也不惮跋涉，无论是山路水路，无论是人类生活中的险阻，而且她也知道人为甚么要这样不断地跋涉了。当杨明斋又问她是不是要暂住在学校里，假如愿意，他可以设法去腾让房间，他又说孟坚空出来的房间本来是可以住的，但他刚一离开，就有另外一个搬进去了。梦华的回答还是"不必"，她愿意在附近找一家比较清静的旅馆，杨明斋就照她的意思去办理。

　　杨明斋把她同昂昂送进旅馆以后，不久就有学校里许多位同事来看望她，来打听故乡的消息。他们一见面大都是说一些安慰的话，说想不到孟坚刚走了她就到来，又说孟坚早就盼她们来，很早以前就说要租一处房子，但是一直也不曾租定，觉得非常可惜。他们向梦华问到家乡的消息，那也正如他们所得到的传说一样，总不外是敌人的凶残，汉奸的横暴，知识分子在那边如何困难，青年学生如何可爱而又如何可怜。他们问梦华从沦陷区到后方来以后的感想如何，这却使梦华感到不易回答，她本来想说：在沦陷区，一方面对于敌伪的仇恨是肯定的，是绝对的，而对于国家的信赖也是肯定的，绝对的，那种纯一的爱憎之感叫人感到非常坚定，非常强韧，从沦陷区刚刚到自由区，叫人感到对国家的热爱，人们感到从来没有那么爱过自己的国家，关于这一点，她就很想把初到界首看见满天国旗的情形描述一下，但自从进入了真正的后方，尤其到了目的地后，那就叫她感到无法说明，甚至无话可说。这些话在她的心里涌现了几次，她却终于没有说出，最后他们还问到了许多熟人的消息，他们问到庄荷卿，他们竟然还不知道他的死耗，还认为他已经结了婚，正在度其最幸福最快乐的生活。梦华提出了那本《书法大全》的故事，她自觉已经说得未免过分，但既已经说出来也就不能收回，而且这也正好引起他们谈话的兴趣,他们对于这件事早都愤愤不平,说当初学校临离郧阳时,那个图书馆曾为了这本书向学校当局追问,学校里很为难,要赔偿也无处购买,只好道歉了事,他们说这件事简直给大家丢尽了脸面。他们又问到米绍棠,他们曾听说他已经阵亡了,但一直以为他是回故乡作了抗日的官,不幸为抗敌牺牲了,却不知道恰恰相反,他们对于这个人的鄙夷唾弃比对于庄荷卿尤甚。关于洪思远的家庭情形,他们也谈了很多话,听过梦华的报告之后,大家都在叹息。此外,关于沦陷区和后方的政治经济文化教育等问题也都谈到了,看看时间已经不早,他们就对梦华说,长期的跋涉,一定很辛苦,应当早些休息了,他们才相邀着退了出去。他们刚刚走出房门,有一个在这里教国文的先生却又忽然转回来问道:

"雷太太,您在沦陷区里教国文,用的是甚么教材?"

梦华就笑着答道:

"甚么教材!讲经啊,尊孔啊,总而言之是开倒车。我教的是女子学校,讲了半年《礼记》,学校里指定的,为女孩子们一定要讲《内则》。慢说自己选甚么好教材,就是在课堂上多说一句闲话,也就难免有人向日本的特务告发你!"

那个国文教员就愤愤地说:

"这就怪了,我们后方又何尝不如此!上边也复古,下边也复古,上边也统治思想,下边也统治思想,结果弄得乌烟瘴气,不知要把青年人造成甚么样子!我们这个学校自然另当别论,但人家又指摘我们太新了,说不正确,要不得!有同事给学生讲了一篇苏联小说,叫甚么《平凡的故事》,不料这也被特务们奏了一本,居然构成一种罪状。学生们为纪念'五四',学校当局也受了申斥,真是昏天黑地呀！"他一面说着，一面笑着踏着沉重的步子走去了。

"昏天黑地！"梦华心里想，"我原来是从昏天黑地的沦陷区走到这昏天黑地的大后方来了！"

昂昂虽然早已是应当入睡的时候，但今天却还一直兴奋着，他吃了那么多糖果，妈妈并未禁止，而且有那么多人在这里高声说话，他觉得很新鲜。等那些人都走了，他也同梦华一样忽然感到了一种冷静，一种凄寂。他就问妈妈道："妈妈，今天我们还是住店？"他这问却问得梦华陡然一惊，他总以为今天不再住店的，而且在路上也曾对昂昂说过不再住店了，然而此刻她只好对昂昂说："是的，宝宝，我们还得住店！"今天她对于这个宽阔安静的房间竟有这么深的感觉，对于"店"的情调竟是如此浓烈啊！她暗暗地想道，大概以后也还是住店，大概要永远住店的吧？古人说"人生如寄"，也就是住店的意思，不过她此刻的认识却自不同，她感到人生总是在一种不停的进步中，永远是在一个过程中，偶尔住一次店，那也不过是为了暂时的休息，假如并没有必要非在风里雨里走开不可，人自然可以选择一个最晴朗的日子，再起始那新的旅程，但如果有一种必要，即使是一个暴风雨的早晨，甚至在一个黑暗的深夜，也就要摒挡就道的吧。此刻，她对于"家"的念头已经完全消逝了，甚么是"家"呢？她想，一个家是供人作长期休息的，但那也就是说叫人停止下来，叫人不再前进的意思。她想得很远，从个人想到群体，从国家想到人类，想到人类的历史，她仿佛一下子都看得明明白白了。她终于沉入在一种茫茫的感觉中，仿佛是一个人站在世界的边缘一样。昂昂看见妈妈那种发呆的样子，却又忽然问道："妈妈，爸爸在哪里呀？"昂昂这一问才又把她从茫然中提醒，两行热泪已无声地从她眼里落下。好象那落泪的不是她自己，她转过脸破涕为笑，并把昂昂抱在自己怀里，把自己脸孔贴在孩子脸上，她把孩子吻一阵，看看孩子的脸上也染满了她的泪痕，然后才一面给孩子揩拭，一面答道："爸爸说这个地方不好，爸爸到另一个更好的地方去了，爸爸在那里等我们，我们就要去找他呢！"

梦华终于哄昂昂睡下了，她虽然疲乏，却无论如何也不能睡。她听到旅馆的账房里还有人谈话，她就去借来了笔墨，并托他们买来了一些信笺，她决定写几封信，等明天一早寄发。

第一封信是寄桓弟的，她写道：

"我们已经平安到达，大人孩子都很健康，孟坚也很好，我们已经租定了一处房子，我们以后就要在这里住下去了！"

她在信里很详细地描写了那幻想的庭院，并说要雇一个女佣人帮助洗衣烧饭。最后说她同孟坚都问候他们。她已经用小字写满了三张信纸，终于在空白处又添写道："昂昂很乖，他很喜欢爸爸，只是常常想念姥姥，几时提到姥姥，他就问几时回去找姥姥，我们只好哄他说，等他再长大些就要回去了。"

第二封信是给孟朴的。她写道：

"朴弟：

我临行时未曾写信告诉你，是惟恐父亲和母亲为我担心。现在我已和昂昂平安到达。孟坚很好，可请父母放心。他最关心的是父母的健康，希望你能在家好好服侍两位老人。孟坚说将来无论在如何困难之下，一定帮你入大学读书，但愿你能不荒废学业，将来定是有希望的。昂昂常想起叔叔。他还记得你给他送红枣和花生，他还会唱'打把小刀，杀个羊羔'的歌子。"

她在给朴弟的信里也同样把她那理想中的庭园描写了一番，此外还写了一些异地风光，她以为信一定可以使朴弟感到兴趣，他若读给父母听，父母也一定喜欢。

第三封信是给洪太太的，她在信里写道：

"你托我捎的东西我已经交给洪先生了。"

她写到这里稍稍停顿了一下，她心里笑道："她当然不会忘记她是托我把她的心捎给洪先生的，无奈我实在无法当面交递了！"她又写道：

"洪先生很好，我把府上的情形都告诉他，他很感动，他夸奖你，感激你，他说他并不是不写信，只是收不到罢了。"

她在这信里也说了不少家常话，最后她说：

"请你相信洪先生，就如同相信你自己一样。他绝没有逢场作戏，而且我可以以人格担保，这里边绝没有男女间的故事，也没有家庭问题，这些问题在这里并不重要，重要的是另一些事，这些事也还是等将来再说吧。现在我只能请你信托一切，并愿你能坚苦地支持下去，在坚苦中等待，等待最好的日子到来。"

第四封信是写给崔宝璐的，并请她转告张文芳、刘蕙、何曼丽以及其他关心她并帮助过她的同学们。她也不曾忘记伍其伟，她请崔宝璐向他致谢。她在这封信的最后写道：

"希望总在前边，青年朋友们，但愿你们永远有更好的理想！"

等她刚好写到这最后一句时，不知甚么地方传来了第一声鸡唱，她站起来伸了一下腰身，好象得到了甚么启示。她走到床边看看小昂昂，昂昂在电灯光下睡得正好，他在梦里不知梦见了甚么可喜的事物，一个微笑正在他那圆脸上闪耀。

一九四五年八月十一日，斗南村。

后　记

《引力》的写作，开始于一九四一年七月，在昆明。因为教书的工作太忙，只写成三章便停顿了，不料一停就是四年，四年之内虽也时常想写下去，但终于还是没有那份力量。到了一九四五年的七月七日，乘暑假之便，才在距昆明不远的呈贡县斗南村重又拾起了旧业。感谢子琴兄和瑞华女士，还有魏荒弩兄，由于他们的帮助，使我在僻静的斗南村有一个月的愉快生活。村民中无一相识，但我也很喜欢在村子的街巷中走走，看看农人们满是辛苦的面孔，听听他们那些诚恳忠厚的言语，觉得无限亲切。斗南村去滇海很近，几乎每日必到海边游玩。我大半是上午写作，下午休息，并思索明天所要写的东西。我每每独自到田野去，看遍野稻田，菜圃，荷塘，水渠，沿水渠而至海边，坐在海边上看山，看云，看柳树下的散马，看海水的翻滚或明静，有时也解衣下水，洗衣洗澡，并学习蛙泳，而我的思想也就在这无边的田野与多变的海水上逐渐铺展开了。中间为了学校里招生阅卷，曾回昆明住了几日，再回到斗南村，写到八月十一日，便把全部草稿完成了，这时候正好传来了日本无条件投降的消息，我的工作实在是和这来得太快的"胜利"作了一次竞赛。八月十一日的日记中说：

> 昨晚本想把最后一章写完，因为觉得困乏，就睡下了。但睡下之后，却又不能入睡，整整一夜都是在苦思中，除了思索文章的结尾以外，那个常常来苦我的问题又来了：我总是担心我的父亲已经不在了，甚至把一切可哀的情节都想得很具体。临明时稍稍入睡，起来时已近八点，一夜的痛苦并非全无代价，早晨一下床就把昨天留下来未写的部分完全改变了次序，有许多情节也不同了。
>
> 自从苏联参战，美国使用原子弹以后，就知道日本可能投降，于是只希望把小说赶快写完，最好是完成于"胜利"之前，不料昨晚未写，而昨晚就已有了日本投降的消息。今天十一点，有人来说：昨晚广播，苏联四路出兵，美国的原子弹炸光了长崎，六十余万人全被炸死，日本已由中立国向中美英苏提出投降，条件是只保留天皇。昆明全夜未睡，满城鞭炮声，就是斗南村也已经贴出报告来了。这时候我的小说还差两千字不曾写完。等到下午两点，才写完了最后一句话。

而八月十二日的日记就记了一个梦景，我梦见我也参加了一个胜利庆祝会，但那庆祝会规模甚小，正如一个乡村小学校的运动会，单调而寒伧，我自然了解我这个梦，我只能偷偷地苦笑而已。第二天，我便雇人挑了简单的行李，冒着微雨，走过那一段颇长的泥泞道路，搭火车回昆明去了。

大体说来，我这一个月的写作生活是相当愉快的，不过愉快之中也并非没有痛苦，那就是我常常为一些现成材料所拘牵，思想与想象往往被缠在一层有黏性的蜘蛛网里，摘也摘不尽，脱也脱不开，弄得简直不成"创作"。又因我总喜欢一面写作一面读书，读人家的好文章固可得到鼓舞，但有时觉得自己太不行，便难免为幻灭的心情所苦。这情形，当我第一次开始写的时候就已经遇到了。一九四一年八月六日日记，有一段说：

> 想续写小说，感到了极大的困难，生活与体力既不容许痛痛快快写下去，而那些现成的材料更成了写作的障害。一切材料非经过自己的创造是不能应用的，反不如出于自己想象中的事物更方便些。结果只写了几句便放下了，于是又拾起了《罪与罚》。

当时我正重读《罪与罚》。我重又认识了托斯杜依夫司基[1]的丰富与深刻，每当我读到那些最精彩的地方，我就不能不惊讶作者的创造力，那才真是"创作"，而我自己呢，不过是在事实的镣铐中滚来滚去罢了。第二次继续写作的时候，我又读《战争与和平》，《马丹·波娃利》[2]，并读了巴金的新著《憩园》。《战争与和平》的

---

[1] 托斯杜依夫司基：现译为陀思妥耶夫斯基。
[2]《马丹·波娃利》：现译为《包法利夫人》。

世界之开阔与艺术的完整,依然没有给我甚么帮助,但在小说的推衍上也许于无意中受了一点影响。翻阅斗南村日记忽然发现了七月二十一日有如下的记载:

> 小说的结构总想循着两个原则进行,一是场面的转换,大体上两种不同的场面互相交替,另一则为空气的转换,如果上一章是紧张的空气,下一章就希望稍稍舒缓一些。虽然不一定完全如此,但大致有这样的倾向,而这也是常常感到困难的原因之一。

这个原则自然不必,也未能做到,不过现在才觉察这也许是由于《战争与和平》那种转换发展的暗示。《马丹·波娃利》的委曲尽致仍然使我喜欢,然而有时我竟然不喜欢福楼拜的绕弯儿,在日记中有一段说:"不知为甚么反而嫌福楼拜写得太多,仿佛不喜欢他那些太多的闲文字,那些周围的描写。他把爱玛折磨得太厉害,也觉得未免太过了。"等到读完之后,虽然觉得作者的绕弯儿是有道理的,甚至是必须的,然而厌恶之感仍未尽除,此刻再反省一下,才知道我自己所能做的乃是只沿着一条窄小的直路向前挪动,那实在太可怜了。巴金的《憩园》是一本好书,在我所读过的巴金作品中,我以为这是最好的一本。他这本小说又使我想起《罪与罚》,而他在后记中有一句话说"这小说是我的创作",这句话很使我动心,因为我的幻灭之感大半由于觉察自己的小说算不得"创作",也不过是画了一段历史的侧面,而且又只画得一个简单的轮廓,我几乎相信我自己有一个不易超越的限制,我大概也就只宜于勉强写些短短的散文而已,这样想时,就难免有一种无可如何的哀愁。

现在,时间又过去了很久,离开斗南村的海边真是天南地北的遥远了,于翻阅旧日记之际,对于海边那一段生活感到无限的怀念,尤其当我在日记中又看到《海边》一首小诗的时候:

> 我正在乡下创造,
> 我看田野间一切都好:
> 西红柿,一天一个成色,
> 个个有光彩,
> 茄子,是紫黑色的,
> 在微风中轻轻摇摆,
> 稻秧的颜色是深绿的,
> 一眼望不见边际,
> 河水总绕着田边散步,
> 农人们便引了来灌溉田亩,
> 我就坐在海滩上,
> 把整个的海水引了来灌溉我的思想,
> 昨天的海水曾是沸腾的,象是发了火,
> 今天却象一面镜子,平静而澄澈,
> 一切都为了发展,
> 为了更好与美满,
> 正如我的创造,我所创造的诗篇。

"把整个的海水引了来灌溉我的思想",此刻我又仿佛听到了海的声音，不过这首诗在当时确是写实的，现在却觉得好似一个谎话了，虽然它仍不失为我对于艺术，对于生活，以及对于人类历史的一种期望。

       一九四七年三月二十四日，八里台。